La cuadra

La cuadra

GILMER MESA

LITERATURA RANDOM HOUSE

Título: *La cuadra*
Primera edición: agosto, 2016

© 2016, Gilmer Mesa
© 2016, de la presente edición en castellano para todo el mundo:
Penguin Random House Grupo Editorial, S. A. S.
Cra 5A No 34A – 09, Bogotá – Colombia
PBX: (57-1) 743-0700

Impreso en Colombia-*Printed in Colombia*

ISBN: 978-958-8979-13-7

Compuesto en caracteres Garamond
Impreso en Nomos Impresores, S. A.

Penguin
Random House
Grupo Editorial

A mi madre, la luz de mi vida;
a mi padre, el rey de mi familia,
y a mis dos hermanos, Alquivar y Ronald

Las calles de nuestros barrios nunca toman prisioneros,
quiebran al que no resiste, sea local o sea extranjero,
ahí la paciencia no existe con los que son majaderos,
cada víctima es culpable, si cayó por traicionero...

Son páginas estas calles que se cogen con los años,
escritas en un idioma que no entienden los extraños,
nacimos de muchas madres pero aquí solo hay hermanos.
En mi calle la vida y la muerte bailan con la cerveza en la
mano.

Soy de aquí, de los que sobrevivieron, soy de aquí.
Yo soy de esa esquinita chiquita, bonita, bendita,
de los que nunca se fueron.

Las calles, Rubén Blades

1
La cuadra

Particular historia esta que paso a relatar, pues todos los que
en ella aparecen están muertos, irremediablemente muertos
hace muchos años, salvo yo, que he sido preservado en alcohol para contarla. Al rebujar el viejo cofre que sirvió de
osario durante más de una década a los restos de mi abuela y que tomé para mí después de esparcir sus cenizas en
el mar, me encontré una fotografía vieja que había tirado
ahí, como al descuido, hace algún tiempo: en ella se ve a
un grupo de niños de similar edad, algunos disfrazados y
otros no, pero todos sonrientes y felices, con la felicidad
que da la simpleza de estar con los amigos, en un tiempo
en que ese concepto no se había corrompido y el sencillo
hecho de estar juntos bastaba para el regocijo sincero y total. Hasta ahora que la remiro me doy cuenta de que es tal
vez la única imagen en donde aparecen juntos y reunidos
todos los del combo de la cuadra: era un 31 de octubre, día
de Halloween o, como se conoce en mi ciudad, día de los
brujitos, una fecha esperada con ansias porque, además de
los atuendos que nos preparaban en nuestras casas, era día
de regalos y dulces que repartían los pillos y malandros, los
dueños del barrio y en especial de la cuadra, la banda de
Los Riscos. Recuerdo con nitidez ese día porque mi mamá
me disfrazó de pitufo por ser mis caricaturas preferidas, y
lo que a simple vista era un detalle de increíble amor y con-
descendencia para conmigo, se transformó rápidamente en
un formidable bochorno, pues más que nada por desco-

nocimiento y descuido, que atribuyo a tener que sortear el centro de la ciudad en busca de disfraces para tres hijos con gustos y edades disímiles, me compró el disfraz invertido, pues los pitufos eran unos muñequitos azules que usaban pantalones y gorros blancos y que vivían en una comarca en casas hechas de hongos, y mi atuendo era una camisa blanca que simulaba el torso desnudo de los pitufos y unos pantalones y un gorro azules, lo que me llevó a ser el hazmerreír de todos los muchachos de mi comarca, y pese a mis objeciones a la hora de salir a la calle ataviado así, mi madre se puso seria y me obligó a afrontar con decoro las risotadas y escarnios que mi disfraz suscitaba en mis amigos, y como siempre fue mi hermano mayor el que salió en mi rescate diciéndome Fresco, que al que lo joda yo lo reviento, pero él mismo no pudo disimular las tremendas ganas de reírse que le dieron al verme vestido de pitufo a la inversa, sin embargo salí a la calle como todo el mundo y pasé un día bueno con regalos, dinero y muchos dulces. En la foto aparecen todos, mi hermano disfrazado de bruja, mi primo Denis de punkero, Clarens de pordiosero, Yiyo de agente de tránsito, Mambo de mujer, Pepe de policía, Omítar de muñeca, Marcos también de pordiosero y el Calvo, Kokorico y otros sin disfraz, ya que estaban grandecitos para andar en esas y por tal razón los disfraces no eran comprados sino improvisados e inventados con lo que pudieran, dependiendo de la creatividad de cada quien. Fue la última vez que se disfrazaron en su mayoría, porque de ese año en adelante las cosas iban a transformarse en la cuadra de muchas formas y la vida de estos muchachos cambiaría radicalmente.

El primer cambio fue de aspiraciones y perspectivas, pues hasta ese momento las ambiciones de los chicos se limitaban a tener un buen juguete o algo de dinero para un roca pastel y una gaseosa, pero esa época fue la de la avasallante invasión de los pillos y su forma de vida, con su derroche de dinero y su ostentación de valor y prestigio, auspiciada por el Cartel de Medellín a todos los barrios, y el nuestro fue uno de los focos principales de exhibición de esa nueva y redituable profesión, lo que hizo que todos los niños y jóvenes de la cuadra y del barrio viraran hacia ese horizonte que proponían la esquina y la vida en el hampa, una existencia al límite, con mucho dinero y aparentemente fácil, donde se premiaba justo lo que la familia y la sociedad sancionaban, la rebeldía, la violencia y la temeridad, y donde se conseguía con desenvoltura todo lo que uno quisiera, pues bastaba con ser valiente, leal y obediente con los patrones, que eran quienes conseguían los trabajos y quienes para ese momento eran poco menos que Dios para todos los muchachos de la cuadra. Esto llevó a que todos los pelados que se estaban criando juntos y que eran amigos prácticamente desde que nacieron, porque sus padres también lo habían sido desde siempre, fueran los primeros en querer pertenecer a la banda que cada día crecía más en potencia y riqueza, y en abandonar rápidamente los juegos infantiles con los que habían crecido, la persecución que llamábamos chucha, el escondidijo, yeimi, boy y los partidos de fútbol callejero, para adoptar actitudes más acres que se reflejaban en los nuevos esparcimientos, pues ya no eran policías y ladrones sino pillos y tombos, y la chucha se transformó en el maligno romilio, una práctica que conservaba de la antigua la persecución pero que ahora incluía penas y castigos siniestros para el que atraparan, como comer frutas podridas o soportar una ronda de patadas de todos los participantes o quemonazos con unas pelotas duras de carey que ardían como un infierno en la piel. Recuerdo el día en que el Calvo no pudo atrapar a nadie porque el juego cada vez se volvía más intenso y ya no se limitaba a la cuadra, sino que tenía por escenario el barrio entero, claro que sin que nuestros padres lo supieran, así que era muy difícil acertar en la búsqueda, y al no conseguirlo el persecutor era el que se veía impelido al castigo, y el del Calvo fue ejemplar: lo desnudamos y lo envolvimos en alambre de púas que había en una construcción cercana y así, raspado y humillado, lo dejamos en un solar deshabitado cerca de una hora, hasta que entre todos decidimos que ya era momento de soltarlo; él no pronunció palabra de dolor ni queja alguna, se limitó a soportar con gallardía y estoicismo su condena. Se consideraba tácitamente que este juego y sus penas tensaban el carácter y lo hacían más duro y recio a uno, por lo cual negarse a participar era considerado una ofensa, una muestra imperdonable de debilidad y cobardía y motivo suficiente para ser expulsado del combo en el acto, y a este cambio de solaces le siguieron rápidamente el cambio de mentalidad y el de patrocinio. Hasta hacía poco la mayor aspiración era crecer rápido para conseguir un trabajo que permitiera ayudar a la familia, menesterosa por lo regular, pero con la llegada del hampa al barrio ese auxilio se podía conseguir sin ser mayor de edad y aparentemente sin tanto esfuerzo, además de mucho más cuantioso, con el agregado de que a la par del dinero se adquiría prestigio y respeto, algo que no otorgaba sino el crimen, no la riqueza y el trabajo, ni mucho menos el estudio, solo el crimen, y para quienes nacimos en un barrio popular de una ciudad como esta, el respeto es más necesario para sobrevivir que el aire, sin él no se es nada o, mejor, no se es nadie, y un don nadie en una jungla de concreto, como son las cuadras de estos barrios, no sobrevive, y si lo hace la pasa muy mal, es la eterna víctima. Algunos pensarán que son aspiraciones vacuas y cosas de adolescentes, pero cuando uno nace, crece y se reproduce viendo a sus similares morir todos jóvenes, sus expectativas de vida no superan los veinte años, y es entonces cuando la única vida posible y vivible es la adolescencia, ahí es donde se tiene que ser alguien, no hay tiempo de espera, no hay mañana ni tiempo de más para pensar en proyecciones de futuros holgados, que son casi imposibles de alcanzar, no hay visiones de porvenires promisorios ni paciencia para esperar mejores épocas con profesiones buenas y nobles que prometen recompensas monetarias y espirituales, solo hay un presente y es ahí, en ese tiempo donde es importante ser alguien, y para serlo es necesario pertenecer al combo y no solo pertenecer sino ganarse un puesto de rango, demostrando todos los días la valía sin pensar en un mañana, es una vida joven, de jóvenes, en donde llegar a viejo no es una realidad ni un proyecto, ni tan siquiera un sueño, llegar a viejo bajo estos códigos es una deshonra, por lo tanto, los muchachos que crecimos en este barrio veíamos en los bandidos mayores el pináculo de realización de nuestra existencia, la máxima pretensión y el diseño de vida por emular, la esquina y el crimen nos mostraban la manera como se salía de pobre y como se llegaba a ser alguien.

A todos nosotros nos tocó el combo formado, por lo que cuando estuvimos en edad de pertenecer ya existían los pillos de la esquina y ya tenían un recorrido, así que lo primero era ser acogidos por ellos, que nos aceptaran, nos asistieran y nos patrocinaran. Fue por entonces que los muchachos más grandes, como mi hermano, mi primo, Clarens, el Calvo y otros, empezaron a juntarse con los pillos y a encargarse de guardarles los fierros o hacerles mandados, abriendo el camino para lo que a la postre sería el destino de todos. En una niñez pobre, el lugar donde se nace es de vital importancia, es donde uno fundamenta su existencia, ahí se condensa todo lo que hay de importante en la vida, ahí están la familia, los amores, los amigos y el acomodo vital a los quehaceres cotidianos, que le permiten a uno el desarrollo intelectual y biológico, por eso, para uno que nunca conoció más allá de las fronteras del barrio, que no tuvo viajes ni otros paisajes para comparar, que no percibió el universo como algo abierto e infinito, que no participó de la naturaleza como vórtice espiritual, sino que tuvo en todos los ámbitos la cerrazón propia del enclavado en un barrio popular, del encerrado por las fronteras invisibles de una ciudad, la cuadra se le transforma en un mundo, en el único e importante mundo que tiene para vivir y crecer, y la calle personal es la verdadera patria, lo primero que crea un sentido real de posesión en la necesidad de pertenencia que es natural en el ser humano, la cuadra ofrece el primer impulso de satisfacción, por ella se crea un instinto de afecto que trasciende lo físico. Por eso, los que nacimos en una de estas calles siempre creímos que la nuestra era la mejor y se lo hacíamos saber a todo el que se atreviera a compararnos, por eso en los diciembres nos esforzábamos para engalanarla y que brillara más que las otras, por eso en los torneos de fútbol hacíamos hasta lo imposible por salir campeones, siempre tratando de demostrarle al barrio que la calle era el mejor vividero del mundo, porque en ella la vida era distinta, y con esta motivación como adarga no fue nada difícil conseguir que todos los habitantes de estas pocas casas que conforman la cuadra gestaran, alimentaran, patrocinaran y solaparan la creación de un combo que tendría fama mundial y le otorgaría el renombre que con tanto ahínco había buscado desde siempre. Algunos de manera frontal, otros de forma tangencial, pero cada uno participando de una forma de violencia ordinaria y privativa de nuestros barrios, y con la aquiescencia disimulada de todos, la cuadra pasó de ser el sitio soñado de la infancia a una academia de formación de delincuentes. Esta es la historia de esa cuadra y de los muchachos que en ella nacieron, crecieron, amaron, pelearon y murieron, que son los mismos que aparecen en la foto, mis amigos.

2
Kokorico

De todos los muchachos del combo de la cuadra solo había uno que era verdaderamente malo, con una maldad endógena, heredada, de nacimiento: se llamaba Leobardo pero todo el mundo le decía Kokorico, incluso los miembros de su familia. Los demás solo éramos malos porque las circunstancias especiales del entorno nos llevaron a serlo, o simplemente no éramos malvados, solo que ejecutábamos acciones y actos de terrible malevolencia pero con el único ánimo de ser aceptados dentro del combo, de ser alguien en el difícil y hostil ecosistema del asfalto barrial. Empero, Kokorico era distinto, desde niño mostró una fuerte tendencia a la violencia y a la maldad, quizás porque en su casa no aprendió nada diferente desde su alumbramiento. Hijo de un zapatero remendón completamente alcoholizado y de una ama de casa agresiva y déspota con sus hijos, fue el segundo de tres hermanos, precedido por un hombre, que fue el favorito de sus padres desde siempre, y sucedido por una hermana consentida y rebelde, por lo que pronto se encontró excluido en su misma casa: los pocos regalos eran para los otros dos, uno por ser el primero, el predilecto, y la otra porque al fin y al cabo era la menor y mujer. Aprendió desde pequeño a hacerse compañía él mismo y a ir masticando en su soledad el rencor contra los que lo rodeaban, y pronto entendió que no tenía sitio en su hogar ni entre la gente, lo que con el tiempo sería el rasgo más prominente de su personalidad: su antipatía y desprecio por todo lo que representara algo de humanidad. A los cinco años empezó su trepidante y corto recorrido criminal, aunque seguramente fue antes, solo que hasta esa edad fue descubierto: su madre llegó de hacer los mandados en la tienda y encontró al niño en el solar jugando con una candelada que él mismo había encendido, y como era algo que le tenía prohibido rotundamente que hiciera corrió a reconvenirlo con insultos y a apagar el fuego, pero grande fue su sorpresa cuando se acercó y contempló que el niño impertérrito, pese a los gritos e improperios que ella le soltaba, estaba no solo jugando con fuego, también tenía un palito largo en su mano de cuyo extremo pendía una tortolita agonizante que había cazado y a la que le había arrancado de cuajo las alas, que iba volteando sobre las llamas mientras contemplaba extasiado el espectáculo, y al verse sorprendido solo atinó a decirle a su madre Mamá, hoy comemos pollo asado. La madre se quedó impávida unos segundos, lo obligó a que soltara el animal y él lo arrojó al fuego en donde finalmente murió, para ella después darle una cueriza inolvidable con un rejo de arrear ganado que guardaba debajo del colchón y que tenía destinado para las pelas más nutridas e infames que se conocieron en el barrio. Después de este suceso sus padres se alejaron aún más de él, en parte porque el niño obturó todos los canales de ternura o dulzura que pudiera albergar en su corazón después de esa soberana pela, y en parte porque le temían como a un ser siniestro, capaz de cometer cualquier acto de barbarie sin ningún tipo de remordimiento, sino antes todo lo contrario, disfrutando con el daño, lo que con los años demostraría con creces y lo convertiría en uno de los sicarios más eficientes del clan de matones denominado Los Riscos. Cercano a cumplir los ocho años ya había probado el pegante: un vecino le comentó que era eficaz como paliativo contra el hambre, que lo probara, que eso lo ponía a uno todo bacano, fue eso lo que le dijo y este no solo lo probó, sino que se aficionó tanto a él que, aun grande, en los tiempos en que ganaba dinero suficiente para alimentarse bien, conservaba el diminuto frasquito de sacol entre los testículos, pero lo consumía al escondido ya que el pegamento era un vicio mal visto, algo que solo metían los gamines. Y en un tiempo en que la mariguana era la ley, empezó a frecuentar la esquina y pasaba más tiempo en las calles que con su familia, y los bandidos de la cuadra lo toleraban como a una mascota: él les hacía los mandados, les guardaba fierros y les ayudaba a vigilar las esporádicas incursiones de la Policía por el barrio y a colarse en los allanamientos que raras veces ocurrían, porque podía pasar por un niño curioso como tantos y, guarecido en su corta edad, acceder a lugares que ellos tenían vetados. Así se fue vinculando al mundo del hampa y fue conociendo sus secretos y sus recovecos, pero aun con estos patrocinios seguía siendo una sombra maligna que la gente toleraba pero nadie quería, ni siquiera los efectivamente malos muchachos de la esquina: había algo en él que hacía que uno le rehuyera, algo siniestro que aun hoy que lo pienso no sabría decir qué era, porque aunque era denodadamente feo, condición que parece sobreentendida en los malos, su fealdad no era solamente física, trascendía su figura y era como un aura de fealdad que arrastraba consigo, que no se le desprendía nunca y que dejaba impregnado todo a su paso. Creo que eso fue el motivo principal para que nunca fuéramos del todo amigos, y no ocurrió solo conmigo, nadie lo quería realmente, no creo que haya tenido nunca un verdadero amigo en serio, con el alma, como debe ser la amistad tanto la que se da como la que se recibe, pero en él todo era mezquino, desde su enjuta figura hasta su obrar con las gentes, lo único amplio que tuvo siempre fue el rencor contra todo el mundo. A los doce fue expulsado del colegio al que todos íbamos cuando cursaba sexto grado porque fue sorprendido espiando a las niñas en el baño mientras se acariciaba malamente la entrepierna, eso fue lo que le dijo el director a la madre cuando fue llamada de urgencia al colegio: la señora escuchó el discurso del señor director y en vez de hablar con su hijo sobre lo sucedido, lo que hizo fue zurrarlo hasta hacerlo sangrar con el consabido látigo de arrear ganado, pero fue su última paliza porque en cuanto la señora se durmió, Kokorico se las arregló para extraer el rebenque de debajo del colchón y lo picó en pedacitos con un machete que encontró en el solar y se lo puso a su madre en el nochero, al lado de la cama, antes de huir para siempre de su casa e instalarse en la calle como única guarida para sus días. Lo que nadie sabía hasta el incidente del colegio era que esa práctica no era novel: en el momento de ser sorprendido ya era un zorro viejo en el oscuro ejercicio del espionaje a las niñas y su aunada masturbación, lo venía desarrollando hacía dos años con prolijidad en su casa, en donde espiaba todos los días a su hermana menor e incluso en algunas ocasiones a su madre, cuando estas entraban al baño para hacer sus necesidades o a ducharse, y esta manía de concebir el sexo ligado a lo proscrito, de excitarse en lo prohibido le duró toda su vida, hasta el punto de ser uno, si no el único, de los creadores de esa práctica violenta y nefanda conocida como "el revolión", a la cual le debo la pérdida de mi virginidad e inocencia a la temprana edad de doce años. Sus primeros tres días en la calle fueron duros porque nadie sabía de su padecer ni de la inquebrantable decisión que había tomado de no volver a su casa nunca en su vida, por lo que al llegar las diez de la noche, hora en que todas nuestras madres salían a la puerta para gritarnos casi en coro Pa'dentro, carajo, que está muy tarde, ninguno de nosotros notó que Kokorico no arrancaba para la suya sino que se dirigía a la esquina y se sentaba solo a ver pasar carros, sus noches fueron frías y solitarias, siniestro preámbulo de lo que sería su existencia, un cúmulo de frialdad y soledad, y solo fue hasta el tercer día que el Mambo le preguntó que por qué tenía la misma ropa de los últimos tres días y él nos contó toda la historia. Su madre lo veía siempre en la calle con nosotros o en la esquina pero nunca se acercó a él para nada, nunca lo invitó a que regresara al hogar, ni a que fuera a almorzar ni a bañarse, nada, entonces entre todos fraguamos un plan para que él se turnara las amanecidas en nuestras casas durante los siete días de la semana: con el pretexto de ver una película o de hacer una tarea o de algo, y así nuestros padres no sospechaban nada. Ahí fue que empezamos a ser más amigos mi hermano mayor Alquivar, Kokorico y yo, en las madrugadas con chocolate y arepitas con mantequilla que nos hacía mi mamá jugando batalla naval hasta entrada la mañana porque coincidentemente en nuestra casa le tocaron los dos fines de las dos semanas que duró su autoimpuesto exilio por la cuadra, ya que a los diecisiete días de su huida el patrón Reinaldo Risco supo de su vagar de casa en casa y de su historia, y lo mandó llamar con mi hermanito Alquivar, que después supe fue quien le contó a don Reinaldo lo que pasaba con Kokorico.

De ahí en más su carrera, si así podemos llamarla, fue en ascenso: se convirtió en muy poco tiempo en protegido, guardaespaldas y lugarteniente de Reinaldo Risco. Su primer contacto con el asesinato lo tuvo a los trece años, cuando uno de sus benefactores, para probar la valía del muchacho, lo sonsacó para que matara a alguien en un alocado juego de muerte y ebriedad que consistía en escoger una víctima al azar y decretar su exterminio en un santiamén: estos inmolados solían ser gente extraña al barrio o ladrones inexpertos que venían de otras partes a tentar al destino por estos parajes y lo que encontraban era su terminación, o simplemente desechables, como desde siempre se ha conocido a las personas con un origen difuso que pasan sus días recogiendo cartones o revolcando en los basureros algo de valor que puedan transformar en unos pesos para ir tirando. Uno de estos personajes fue el primero en la larga lista de muertos que cargaría Kokorico durante su paso por esta tierra ensangrentada y violenta. La situación se dio un sábado cerca de las seis de la tarde: todos los muchachos estaban en la esquina, habían empezado a eso de las dos de la tarde a consumir alcohol, a fumar mariguana y algunos también se habían dado algunos pases de perico, y la tarde noche se aprestaba como una más de las muchas noches de sábado que eran sinónimo de noches de rumba, aunque más que rumba en el sentido grande del término, pues estas jaranas eran básicamente la borrachera y traba más imponente de todos los concurrentes, que terminaban tirados en la acera beodos como cubas y algunos embadurnados con el perico que se metían, pero ese sábado las cosas empezaron a tomar otros ribetes ya que entre los que estaban bebiendo desde temprano estaba Amado Risco, apodado Manicomio, porque estaba completamente loco de atar, además de que ciertamente había pasado una larga temporada en la clínica psiquiátrica de Bello debido a un cuadro de esquizofrenia que lo hacía alucinar. Kokorico, que ya para esa época vivía en la casa de Los Riscos, estaba con ellos cumpliendo funciones de mesero y recadero: les servía diligentemente el trago, les armaba los baretos y les picaba y organizaba las rayas de perico que ingerían. Amado, ya entrado en guaros, llamó a Kokorico y le dijo para que todos oyeran Este mariquita ya está grandecito pero le falta es probar finura, a lo que Kokorico le respondió Cómo así, Amado, ¿no les estoy sirviendo pues a lo bien?, a lo que el otro entre las carcajadas de la traba le dijo No, mijo, digo probar finura de verdad, es decir, matar a alguna gonorrea, Kokorico no se cabreó y le respondió pausadamente Pues porque ustedes no han querido, a lo bien, y en esas y para su mal asomó por la esquina contraria un recolector de basura al que había cogido la noche y empezó a rebrujar las bolsas que había allí. Amado clavó los ojos en él y dirigiéndose a Vidal, otro de los muchachos que participaban de la naciente batahola, le dijo Vidalito, traeme la pistola que dejé en la caletica del baúl, que vamos a poner al niño a despegar aguja, y Vidal fue prontamente por la pistola, una 9 milímetros negra y se la entregó, y Amado le dijo al asesino en ciernes Vea, mi niño, péguele pues a esa gonorrea de desechable, para que ahí sí sea un varón en toda regla y azare a todo el mundo, para que ahí sí le tengan respeto, y Kokorico no se amedrentó con el envite, le recibió el arma, la montó como si ya supiera de su funcionamiento con anterioridad, con un saber ancestral, y observó al hombre en la otra esquina, que no presintió y ni siquiera imaginó que en ese cuerpito que cruzaba a paso firme la calle venía su muerte, y Kokorico se le acercó con curiosidad y sin mediar palabra le pegó dos tiros, uno en el pecho y otro en la cara, el hombre se dobló y cayó al piso en donde el niño lo acabó de rematar descargando las nueve balas restantes del proveedor, después dio media vuelta y con una superficial sonrisa en el rostro se dirigió a donde estaban los muchachos festejando y brindando entre bullas por el ingreso del neófito a su mundo de matones, todos lo abrazaban, se oían los gritos de Qué buena, niño, este sí es un putas, parcero, así sí, y le servían un guaro doble para que festejara con ellos su bautizo de sangre que lo hacía parte del clan, mientras en la otra acera se iba formando de a poco un corrillo de noveleros y mirones alrededor del muerto. Todos los más chicos que antes éramos sus amigos supimos de la hazaña y empezamos a verlo con otros ojos, al igual que todo el mundo en el barrio, ya no sería más Kokorico, el niño que vivía en la calle, ni siquiera sería Leobardo, nombre que nunca escuché que nadie le dijera. A veces creo que habría sido más acertado ponerle el remoquete en la lápida que cubriría su ataúd cinco años más tarde. Ahora sería desde ese momento y para siempre Kokorico, el bandido. Reinaldo Risco supo de la proeza y prontamente le fue encomendando trabajos cada vez más osados e importantes, que él cumplía con eficacia y prontitud. Algún tiempo después, poco antes de su muerte, una noche en que me invitó a unos tragos en la acera de mi casa, le pregunté por ese primer muerto, si sí era cierto lo que decían por ahí que ese es el importante, que uno sigue pensando en él, que lo atormenta por las noches en sueños, que es terrible y que esa sensación se va quitando con las bregas posteriores, con otras muertes que van diluyendo esa primera y le van robando a uno el alma hasta transformarlo en asesino rotundo y consumado, sin temor, sin culpa y sin futuro. Su respuesta me dejó atónito y aun hoy que la recuerdo me da escalofríos, me dijo Vea, llave, a mí no me ha pasado eso nunca, ni con ese ni con ninguno de los otros, ni miedo, ni pesar, ni culpa, ni una mierda, yo estoy seguro que he sido matón desde siempre, para mí, matar a alguien es algo simple, casi natural, como para vos jugar fútbol o estudiar, al principio me gustaba un poco, era teso saber que con un fierro en la mano uno es el dueño de la vida de cualquier malparido, pero ya ni eso, es una tarea que hay que hacer y punto, lo único que me gusta es que me pagan por eso y que lo hago bien, ningún marica de los míos ha quedado a medio matar, ninguno se ha salvado y eso del remordimiento es para gente con corazón o, como vos decís, con alma y yo no tengo de eso, yo nací sin alma, cuando son desconocidos me vale chimba darles bala, ni pienso en eso siquiera, y cuando son conocidos pienso en algo bien gonorrea que me hayan hecho o que le hicieron a alguien y eso me ayuda, siempre me digo sí ve, este también se tiene merecidos unos pepazos, porque sabe qué, pelao, todos en el fondo nos merecemos unos pepazos por a o por b, diga si no.

Para cuando cumplió los quince años ya era un matón profesional y las cosas en la ciudad se estaban poniendo difíciles: el cartel de Medellín estaba inmerso en una guerra sin cuartel contra el Estado y la banda de Los Riscos de Aranjuez era su brazo armado más potente: un ejército de adolescentes en su mayoría que cumplían funciones de limpieza y exterminio en todos los estadios de la sociedad medellinense guarecidos por unas leyes laxas, eran los más óptimos para cumplir con encargos de este tipo ya que por su minoría de edad, en caso de ser atrapados en sus fechorías u homicidios, las penas que recibían eran de máximo noventa días en una correccional, de la cual salían más malandros y delincuentes que antes de su ingreso a seguir cometiendo crímenes a diestra y siniestra, cuando no era que sus mismos jefes los eliminaban al cumplir la mayoría de edad para cubrir sus rastros, por lo que el que sobrevivía después de conseguir cédula era porque de verdad era valioso y se había ganado un puesto entre los duros. Hacia eso se encaminaba denodadamente Kokorico, hasta que su historia de muerte y odio se interpuso en su camino para dar con sus huesos antes de cumplir los dieciocho años. Uno de sus homicidios más significativos lo cometió a los dieciséis años, cuando dio de baja a un concejal que se puso a jugar con fuego con el jefe de jefes del cartel de Medellín, pues le había prometido interceder por él ante el gobierno central para que cesara la persecución y la muerte de sus pupilos en las comunas de la ciudad, pero después de recibir un cuantioso emolumento del cartel se les había torcido y había entregado a la Policía datos confidenciales sobre la ubicación de caletas y armas que solo él conocía. La orden fue rotunda e inapelable como todas las que daba el gran jefe: llamó a Reinaldo Risco y le dijo Quiero muerto a ese hijueputa para mañana, Reinaldo vio que Kokorico era el hombre llamado a cumplir el mandato, le entregó una foto del tipo y una subametralladora Ingram MAC 10 de fabricación estadounidense. Era un trabajo que se sabía arriesgado pero no imposible, porque había que matarlo a la salida del Concejo, en pleno centro de la ciudad, lo que presuponía una huida imposible para el ejecutante; jefe y subalterno conocían el riesgo ya que toda vez que concluyera el encargo este solo tendría dos posibilidades: o entregarse y pagar el canazo de noventa días, o que lo liquidaran en el acto los guardaespaldas del concejal o la Policía, que para el caso eran los mismos, y no obstante los riesgos, el trabajo tenía que hacerse sí o sí. Fue así como a las cinco y cuarenta de un viernes de septiembre, en las escalinatas atestadas de gente del edificio de la Alpujarra, sede del gobierno municipal, fue descargada una ráfaga de metralleta sobre la humanidad del concejal en cuestión, que cayó muerto al instante, luego el asesino descargó el arma en el piso y sin ningún asomo de temor se arrodilló y gritando repetía No me maten, fui yo y me entrego, habiendo escogido cuidadosamente el sitio porque sabía, y más que saber deseaba, que a esa hora el tropel de gente que invade el centro era providencial para sus propósitos, porque en medio de tanta algarabía les quedaba imposible a los policías y guardaespaldas dispararle a sangre fría a un chico que se entregaba voluntariamente, y ocurrió tal cual lo había planeado, salvaguardando de esta manera el pellejo y dejando sumidos en un mar de bilis a los policías que se relamían por matar, así fuera con sus fulminantes miradas de odio, al sicario. Su estadía en la cárcel pasó sin contratiempos, salvando un incidente menor con uno de los maestros de taller que se empecinó en hacer del recluso un hombre de bien y lo obligaba a portar el uniforme y a hacer los deberes como los demás internos, hasta que cansado de la insistencia Kokorico se lo hizo saber a su jefe en la calle y el maestro desapareció mágicamente sin dejar rastro alguno. Todo el mundo en la cuadra se enteró de su detención y del motivo de la misma, y si bien todos nuestros padres sabían qué se hacía en la cuadra, a qué se dedicaban los muchachos de la esquina y en qué andaba

Kokorico, la noticia del asesinato del concejal lo puso en boca de todo el mundo y su fama trascendió el barrio, y lo volvió un sicario de rango, peligroso a nivel nacional. Fue así como después de su salida de prisión se convirtió en una especie de paria en la cuadra y sobre todo entre nosotros, sus otrora mejores amigos, pues de un momento a otro pasó de ser uno de los muchachos bandidos de la esquina a ser el bandido con mayúsculas, que entre nuestros padres era más temido que el mismo Reinaldo Risco: la sola mención de su nombre era motivo de miradas reprobatorias, ni qué hablar de su presencia, en donde él estuviera nos estaba terminantemente prohibido estar a nosotros, era el popular tipo malo de barrio que ninguna mamá quiere tener cerca de sus hijos y mucho menos de sus hijas. Pero una cosa es lo que piensan los padres y otra muy distinta es lo que piensan los hijos: para nosotros se convirtió en una suerte de guardián maldito y por haber sido sus íntimos amigos, los muchachos de otras cuadras nos miraban con respeto y hasta con envidia. Algún tiempo después entendería lo siniestro de esto cuando mi andar despertaba los mismos sentimientos en los demás pero por mi parentesco con mi hermano Alquivar. Pese a la fama obtenida y al dinero cobrado por ese notable asesinato, su vida se transformó poco: seguía siendo el adolescente huraño y maldadoso de siempre solo que ahora con mejor ropa, una moto y más vicioso, ya no se ocultaba para trabarse, lo hacía de frente, en la esquina y casi todo el tiempo, andaba siempre callado, con las pupilas dilatadas por la mariguana y, solo a mí me lo confesó, por su consumo incesante de pegamento, pensando en sus odios, porque nunca dejó de pensar en su miserable niñez, eso lo sé con certeza porque él mismo me lo contó, odiaba su niñez y a toda su familia y esa sería a la postre su ruina. Nadie logró descifrarlo completamente porque nadie tampoco se interesó realmente en él, porque él era ante todo sus actos. Es extraño notar ahora que todos lo teníamos más como una herramienta útil a nuestros propósitos pero nunca como una persona: sus jefes lo veían como un arma letal, nosotros, sus amigos, como un escudo protector, pero nadie indagó sobre sus sentires, aunque yo sé ahora que en su interior bullía un infierno incesante y eterno, el aborrecimiento cerril que se le notaba, su desidia por el bienestar ajeno y la indolencia en su proceder ocultaban un odio antiguo y corrosivo contra sí mismo, contra su asquerosa gestación y su horripilante traída al mundo, por eso odiaba a su familia y por eso no quiso nunca regresar a su casa, ni siquiera en la época en que tuvo dinero y pudo solazarse en su éxito y enrostrárselo a sus parientes, pues nunca jamás volvió a hablarle a ninguno de los miembros de su familia, aunque siempre nos preguntaba por ellos a los más cercanos a su casa e incluso llegó a enviarles de su dinero cuando se enteraba de algún tipo de afugia económica que sufrieran, pero esquivaba cualquier contacto personal con ellos y a su vez ellos también repelían cualquier atisbo de vinculación con él, al punto de que se enconchaban completamente en su casa, limitando sus salidas solo a lo básico de la supervivencia, ir al trabajo o al colegio, y trasladando sus rutinas lo más lejos posible de la cuadra y de las andanzas del hijo, por lo que para adquirir los víveres preferían la plaza minorista que quedaba en el centro de la ciudad, lo mismo que para cumplir con sus obligaciones religiosas recibían la misa en la iglesia de La Candelaria para evitar las miradas inquisitivas de los vecinos y la posibilidad de un encontronazo con Kokorico, y tanta fue su vergüenza y su apocamiento que a poco de su muerte abandonaron la cuadra para siempre y se devolvieron al pueblo de San Roque, de donde eran oriundos los padres. La última muerte en la que participó Kokorico fue la de Culey, su amigo y compañero en el crimen, y para mí fue absolutamente dolorosa porque en ella también coadyuvó mi hermano Alquivar, lo que significó mi verdadero despertar a la vida oscura de esa persona hasta hacía poco tiempo tan tierna y llena de luz que fue siempre mi hermano. La orden había llegado de arriba, de los altos mandos, la noche anterior, y se había decretado porque Culey se había volteado y estaba pasando información y colaborando con los del cartel de Cali, acérrimos enemigos del cartel local, y tenía que estar cumplida a más tardar al mediodía siguiente. Reinaldo Risco llamó a Kokorico, su matón más efectivo, y le encomendó la misión. Este aceptó sin preguntas y sin inmutarse, y le dijo que él lo hacía pero que necesitaba quién le picara arrastre, que es la expresión que se utiliza en el mundo del crimen para designar la acción de conducir a alguien con engaños hacia una trampa mortal, porque Culey era un pillo viejo y bragado que se las olía en el aire. Reinaldo le dijo que eso ya lo había previsto, que para eso tenía a Alquivítar, que era su mejor amigo y que había aceptado sacarlo de la cuadra con la disculpa de ir a visitar unas viejitas en el barrio vecino, pues Culey, además de ser un escaldado natural, tenía el azore que da la culpabilidad, por lo que habría desconfiado de todos menos de mi hermano, y se dejó llevar como una mansa res que va al matadero: caminaron unas cuadras, se sentaron en una tienda al frente de un colegio femenino a esperar la salida de las supuestas amigas de mi hermano y ordenaron dos gaseosas. A los siete minutos de espera Alquivar se paró para ir al baño y Kokorico, que observaba todo desde la calle adyacente, se montó en su moto, arrancó raudo pero sin aspaviento, y cuando pasaba frente a la tienda aminoró la velocidad, sacó un revólver Magnum calibre 44 de su pretina y lo descargó íntegro en el cuerpo y la cabeza de Culey, luego con total calma se lo guardó de nuevo en la cintura, esperó a que mi hermano saliera de la tienda y se montara en la moto y arrancó de nuevo para la cuadra sin respetar semáforos ni señales de alto en ninguna esquina: para él un muerto más, uno que sin saberlo en ese momento sería el último de su correría, para mi hermano el origen y principio del fin de sus días. A partir de esta muerte hasta sus compañeros más allegados se mostraban desconfiados y ariscos con Kokorico, no porque hubiera matado a uno de ellos, pues es sabido y es ley de la calle que el que se tuerce está condenado de antemano y que al final cualquier felonía se sabe y se castiga irremediablemente con la muerte, sino por la frialdad que mostró frente a su ejecución, demostrando con ello que nada lo conmovía, que sus entrañas estaban hechas de hielo y su corazón era de piedra, que en él no había espacio para el más mínimo apego, y eso hasta para el más malvado de los seres es motivo de rechazo cuando lo percibe en los demás. Algo en él destilaba veneno, un tósigo sutil pero deletéreo que viciaba el aire con su sola presencia, y ahora que lo tengo en mi memoria sí había en Kokorico algo de serpiente, de reptil venenoso, desde su forma de caminar como reptando hasta su silencio apagado y palmario. Esa sensación de inseguridad que se percibía cuando él estaba presente se hizo tan punzante como una cuchillada y se extendía tanto como la peste, que hasta sus jefes y protectores empezaron a notarlo, había algo de incómodo, de descuadrado en su habitar los espacios, y si con algo son celosos en demasía los malandrines más que con nada es con los espacios, tal vez por eso su aparición en la esquina y en la cuadra se fue tornando molesta para todo el mundo, pero era una molestia muda, como una intuición de algo sórdido que traía su sola presencia, algo que no cabía, que no cuadraba, como tratar de meter un colchón king-size en una cama matrimonial, había en su estar algo inadecuado que no se nota mucho a simple vista pero que se siente cuando se está ahí metido, junto a él. Y su postrer acto en este mundo vendría a ilustrarnos el porqué de esta sensación.

En la mañana de un sábado de diciembre, algunos dirían después que fue porque estaba amanecido, muy borracho y trabado, pero yo sé que era un deseo que albergó desde siempre en su entraña, se allegó a su casa y se sentó al frente a contemplarla un rato, observándola largamente mientras se fumaba un bareto, y terminado esto sacó lentamente el frasquito de sacol de su entrepierna y se puso a aspirarlo con lentitud mientras se sonreía completamente alelado, imbuido en sus pensamientos, en sus sentires hondos como abismos, en sus pesares prenatales, largos como lanzas, ya quisiera yo hoy haber estado en su cuero y saber qué pasaba por su mente en esos momentos, porque su ulterior accionar fue tan contradictorio como imprevisto: se incorporó de la acera, caminó hasta su casa, se acercó a la puerta de entrada y la acarició con la cara poniendo la mejilla contra la madera, sobándola de arriba abajo cansinamente, sin dejar de sonreír un solo instante, luego sacó del bolsillo de su chaqueta un pedazo de alambre y lo amarró al marco para impedir que se abriera desde adentro, después extrajo un fajo de billetes que deslizó debajo de la ranura mínima de la puerta de uno en uno y un tarro de gasolina que esparció con deleite y parsimonia en los contornos del pórtico y las ventanas, y le prendió fuego con un fósforo que rastrilló en la pared, retrocedió cuatro pasos y se quedó oteando cómo el camino ígneo que había trazado con el combustible ganaba en intensidad hasta transformarse en un poderoso incendio que consumía la casa. Pronto se escucharon adentro los gritos de las mujeres pidiendo auxilio, las voces acaloradas de los hombres que maldecían mientras intentaban en vano abrir la puerta, y no tardaron en concurrir los vecinos que entre toses buscaban por todos los medios derribar la puerta o extinguir la deflagración, y finalmente aunando esfuerzos dos robustos vecinos lograron echar abajo una ventana y rescatar a los habitantes, que se salvaron por milagro de morir calcinados. El hermano mayor, ciego de ira, atacó a Kokorico, que permanecía imperturbable al lado del incendio degustando su obra, y le asestó dos puñetazos que no lograron borrar el rictus de felicidad que se proyectaba en su cara, y Kokorico se elevó con dificultad del suelo a donde había ido a dar por los golpes, apretó con fuerza el tarrito de sacol en su mano izquierda y se alejó despacio, en dirección contraria al incendio, dejando atrás un reguero de maldiciones, llantos entrecortados y escombros de una casa que se extinguía entre las llamas.

Después de esto sus horas en este mundo estaban contadas, pues en cuanto la plana mayor de Los Riscos estuvo al tanto del suceso, se improvisó una reunión de urgencia, en la que se decretó la imperiosa necesidad de su muerte: atentar contra su familia y en especial contra su madre era algo que no se podía tolerar bajo ningún criterio, era la gota que derramaba cualquier vaso, así fuera el más amplio de todos que es el de la maldad. Es insólito cómo entre los bandidos se toleran cosas imposibles como latrocinios, asesinatos, violaciones y hasta traiciones, pero cualquier ofensa por exigua que sea contra la madre es el mayor agravio imaginable, es complicada esa suerte de moral criminal donde se convive con naturalidad con toda guisa de transgresiones pero se es absolutamente susceptible con todo lo tocante a la madre, sin importar qué tipo de madre sea esta, ella encarna lo único puro que tienen estos seres, lo verdaderamente inmaculado en medio del remolino de maldad que los rodea, ella es el motivo primero para acometer esta vida, la presencia en sus juramentos, el amor franco y sin vueltas, la excelsa hospitalidad en un mundo adverso, la caricia fraterna al final de la jornada, la comida así sea poca y mala pero siempre dispuesta, la cariñosa y alcahueta riña cada vez que se sale a la calle, la salud cuidadosa, la bondad en su máxima expresión, la bendición de todos los días, la elevada y blanca nobleza en un barrio terroso y sombrío, la más sublime perfección en el centro de las imperfecciones, la verdadera razón para hacer lo que se hace, la primera y única razón para seguir vivos, la madre querida. Y aunque este no era el caso de Kokorico, cuya madre fue todo lo contrario a este ideal, siempre humillante, vengativa y procaz con él, para los demás, que no se detenían en minucias y que nunca entendieron sus porqués en el incendio, vieron en este evento la degradación superior del ser humano, así se tratara de un ser que se dedicaba a degradar humanos, concluyendo que una persona que es capaz de matar a su madre es capaz de matar lo que sea y al que sea, y esa persona, aparte de ser contundentemente peligrosa, no es digna de vivir entre los hombres y no se merece ni respirar el mismo aire de sus semejantes. Luego de unas cortas deliberaciones se decretó su muerte para esa misma noche: nadie quería verlo más en el barrio, ni compartir con su esmirriada y tenebrosa presencia, algunos más indignados que otros hablaban de torturarlo antes de matarlo, de quemarlo en los escombros de su casa para que sufriera en carne propia lo que él quería propiciar, de matarlo a golpes, cuando la voz de Reinaldo Risco sentenció tajante: Nada de torturas ni mierdas de esas, lo matamos a bala esta noche en cuanto aparezca y será aquí, en la esquina, y después que Chicle lo arrastre y lo ponga en la acera de su casa, y así se hizo. Pasadas las nueve de la noche de un sábado de diciembre apareció en la esquina Kokorico, más sonriente que de costumbre, y los bandidos que habían empezado a beber desde temprano aguardaban en silencio con sus armas cargadas a que Reinaldo diera la señal convenida. Algunos no lo saludaron pero Reinaldo sí: dejó que se sentara, esperó un minuto y lo llamó aparte para decirle Vea, mijo, lo que usted hizo tiene consecuencias y usted lo sabe, buen viaje, socio, Kokorico, siempre sonriendo, solo le dijo Todo bien, patrón, gracias también por esto, y se alejó hacia la mitad de la calle observando todo por última vez y miró sonriendo a la cara de sus asesinos. Sonaron, confundidos con la pólvora decembrina, los cuarenta y siete balazos que recibió en todas partes de su menuda humanidad, hubo saña en esa muerte no solo porque todos los que estaban en la esquina dispararon hasta vaciar sus armas sino que incluso algunos recargaron los tambores para volver a agredirlo, no hubo tumulto porque ya todo el mundo sabía que lo estaban esperando para matarlo. Pasados cinco minutos observamos a Chicle arrastrando su cuerpo hasta los escombros de su otrora hogar dejando un camino de sangre en su recorrido; me dolió un poco su muerte, aunque, hoy tengo que decirlo, también sentí algo de alivio.

3
El revolión

Fueron Kokorico y Johan los que se inventaron la vitanda práctica del revolión, aunque sería más acertado decir que fue Kokorico el que tuvo la idea y utilizó a Johan para consumarla. Tenían quince y dieciséis años respectivamente y ambos eran pillos consumados y asesinos bragados, pero pese a todas las prerrogativas que esa condición traía consigo los dos eran aún núbiles y nosotros, los más chicos, rondábamos los doce años y las mujeres eran todavía ese territorio vetado y hostil, más cercanas a la animadversión que a la lubricidad, y aunque ya empezaban a insinuársenos medrosos sentimientos de salacidad hacia ellas, los extirpábamos en cuanto aparecían por considerarlos pecaminosos, imposibles y platónicos, en gran medida por la redomada timidez que todos padecíamos, dado lo cual nuestra sexualidad, al menos en mi caso, se basaba en esporádicas masturbaciones en el baño de casa o los domingos en la mañana, en mi cama, aprovechando la ausencia de mi hermano mayor y el descuido de mi mamá ocupada en los quehaceres de la cocina. Pero era un ejercicio más bien triste y asexuado, respondía más a la curiosidad de estar en onda y conforme con lo que los amigos decían en la calle que a una verdadera lascivia, ya que la culminación del mismo era pálida y simplona, solo un ligero calambre y la polución de un líquido transparente y diluido, no como el semen que después, con el tiempo, expulsaría en cantidades considerables y transformarían esta labor en algo completamente satisfactorio y placentero a más de muy ejercitado, por tanto nuestra experiencia con las mujeres era nula y todos ostentábamos una categórica virginidad: esto hizo que fuéramos fértil caldo de cultivo para el revolión. El procedimiento consistía en seducir a una muchacha con agasajos y coqueteos varios hasta conquistarla y llevársela a la cama, de ahí la importancia de Johan en los planes de Kokorico, porque este era rematadamente feo, con una fealdad congénita y maligna, en tanto que aquel era un joven bonito, con una belleza fresca, limpia y confiable: tenía la piel y los ojos rubios y unas facciones contenidas y bien pulimentadas que hacían el deleite de las niñas, era el típico hombre guapo que encandila al sexo femenino. Cuando la chica accedía finalmente a entregarse a alguno, este la conducía a un sitio acordado con antelación: un local desahuciado que fungía de oficina de los pillos, la casa de alguno que estuviera sola porque los padres trabajaban de día o incluso a veces la casa de la misma muchacha. Al ingresar la pareja, el hombre, con alguna excusa, se devolvía y entreabría la puerta para que pasados treinta segundos entraran los compinches armados y obligaran a la mujer a tener sexo con todos y cada uno, a veces por turnos, pero la mayor parte del tiempo al unísono y por los diferentes orificios de su cuerpo. La mujer, asustada hasta el espasmo, sin saber qué acontecía en realidad ni lo que se le venía, a veces lloraba o gritaba y pataleaba, pero eso lo único que conseguía era exacerbar más los ánimos y hacer bullir más la sangre en los cerebros atolondrados de los presentes, que siempre respondían malamente con improperios y golpes de todo tipo. Era una violación en toda regla, punto por punto, pero a nosotros nos gustaba más llamarla el revolión. Las mujeres sometidas a estas vejaciones tenían que guardar silencio. En la mayoría de los casos lo hacían por temor, porque los que les habían hecho esto eran los pillos y éramos intocables en la cuadra, ellas tenían que continuar su vida cargando con este recuerdo y con el estigma de ser consideradas las puticas del barrio, porque en los corrillos y aun entre las mujeres mayores y las madres de los bandidos, que siempre supieron lo que sus hijos hacían, se decía que bien merecido se lo tenían por busconas y casquilleras, así funciona la lógica barrial y machista auspiciada y dimensionada en gran medida por la misma insensatez de las mujeres y sobre todo de las madres, en una variedad de alcahuetería justificativa de todos los procederes de los hijos hombres. La única incapaz de aguantar fue Claudia, que tuvo el temple y la paciencia de esperar trece años para propiciar y lograr su vendetta, pero no debo apresurar memorias, que a eso llegaré más tarde.

La primera víctima del revolión fue Sandrita, la muchacha más linda de todo el barrio y por ende la que despertaba las más bajas pasiones entre los hombres y más envidia entre las mujeres: era blanca y tenía la cara angelical pero era tímida, como casi todas las niñas de quince años nacidas y criadas en un barrio de hombres. Sus padres la cuidaban como a una gema y nunca la dejaban salir a departir con las amiguitas y mucho menos con los muchachos, pues consideraban que todos éramos unos gandules y que su hija se merecía algo mejor, no podíamos ni siquiera arrimarnos a la ventana de su casa, en donde pasaba las tardes mirando para afuera y deseando salir a jugar o simplemente a hablar con sus compañeras, sin que su madre se enojara y la mandara entrar. Las únicas veces que la veíamos afuera era a mediodía, cuando regresaba del colegio: nos juntábamos en la esquina para verla pasar con su uniformecito y su morral con los libros, y era un deleite observarla, tenía algo de gata en su porte y en su manera de andar como melosa, como acariciadora, y su mirada era como un lambetazo felino, húmeda y rasposa. Al pasar agachaba la vista cuando todos los muchachos la vacilaban, se tiraba el cabello sobre la cara y mirando al piso seguía sin ver a nadie, como desentendida de los piropos que acababa de recibir, hasta llegar a la casa, a donde la seguíamos todos con la mirada y el pensamiento. Pero el destino, que es cruel con los buenos y hace germinar turbiedades en los malos, quiso que Kokorico se fijara en ella, pero no de la forma en que todos la admirábamos sino de una manera maligna, como todo lo que hizo en su vida: mientras nosotros la veíamos pasar con delectación, él la observaba con rabia, esa rabia impúdica y resentida que los feos suelen sentir frente a la belleza. Era raro, él, tan rústico en sus comentarios, nunca le gritó ninguna vulgaridad, ni siquiera un piropo como lo hacíamos todos, se quedaba mirándola pero no con deseo como nosotros, sino con fiereza, como queriéndola traspasar y nos decía Pues ni tan chimba que es esa boba, lo que pasa es que todos le dan mucha importancia a esa pirobita, y se hacía el bobo, pero dentro de él hervían demonios de tirria que lo mortificaban: se le veía en los ojos, que le brillaban con una luz anómala que no le conocí sino con ella y se le dañaba el genio para el resto de la tarde. Yo creo que fue en esos jugos de odio que fue acumulando en tantos mediodías de verla pasar en los que fraguó el plan siniestro de hacerle el revolión, y la suerte, que es perra con los puros y quiere siempre enlodar y dañar el espíritu de los cándidos, llevó a la niña bien a fijarse en Johan, y esa fue la puntada que remató la costura que venía tejiendo Kokorico en su cabeza hacía días.

Johan fue un caso atípico en el barrio, un pelado de familia bien que ni siquiera pertenecía a la cuadra, vivía unas calles más allá, tirando para el centro, en el mejor lugar residencial, en una casa amplia y ventilada. Su padre había estudiado, era ingeniero o algo por el estilo, lo que marcaba una diferencia abismal con todos nosotros, hijos de padres obreros rasos, en los casos de los que teníamos papás, pues muchos ni siquiera conocieron a sus progenitores porque los habían matado antes de que nacieran o estando muy pequeños, como fue el caso de Clarens, o porque habían sido concebidos en relaciones pasajeras y cuando nacieron sus padres los habían abandonado hacía tiempo. Era un muchacho bien, de una familia bien, que se metió de bandido por ser alguien, porque encontró en esta vida su lugar en el mundo más que por la necesidad, que fue el motivo esencial del resto de nosotros. Para la época en que conoció a Sandrita ya tenía algo de renombre entre los pillos por haber participado de un robo a una tienda de ropa de un centro comercial y porque fue el que tiró una granada contra el comando de Policía del parque, matando a dos y dejando heridos a otros cuatro, en la época de la guerra total del cartel contra el Estado, en la que pagaban dos millones de pesos por cada policía asesinado.

Y la niña que no se detenía a observar a nadie en un mal día fijó sus ojos en él, y empezamos a notar que aminoraba el paso cuando iba por la esquina, que demoraba el caminar haciendo eses y prolongaba los cuchicheos con sus compañeritas, que ya no bajaba la cabeza cuando la piropeábamos sino que se sonreía suavemente, torciendo la boca solo del lado izquierdo y mirando para donde estábamos. No alcanzamos a hacernos muchas ilusiones porque pronto identificamos que sus gesticos contenidos y sus miraditas estaban dirigidas a Johan, aunque él no se dio por enterado, inmerso siempre en una prodigiosa traba, hasta que se lo hicimos notar diciéndole Mano, ¿vos sos güevón? No ves que esa pollita te mira es a vos, marica, cáigale, parcero, y él se reía con esa risa densa de los trabados y contestaba No, qué me va a mirar a mí esa chimbita, además qué pereza una niña como esa, toda caserita y recatadita ahí, que no mata ni una mosca. En el fondo su negativa a caerle era tan solo miedo, el mismo que cargábamos todos para enfrentarnos a lo desconocido que era el mundo femenino: no dejan de ser paradójicas las formas que tiene el miedo de instalarse en los hombres, nunca apareció para detener la mano del matón de policías pero emergía imponente y total a la hora de encarar a una mujer, de ahí la reticencia de Johan de hablar con Sandrita. Pero en el barrio cada gesto cuenta y las cosas hay que probarlas, siempre se está en un examen y la hombría es una de las asignaturas más importantes, no basta con ser ducho en el crimen, también hay que comportarse firme con las mujeres y si no la hombría no está demostrada completamente. Así fue como muy a su pesar llegó el día en que Johan tuvo que hacerle frente a su destino y abordar a Sandrita: la esperó a que pasara e impulsado más por la cantinela que todos le soltábamos que por su propio gusto le dijo al verla Nena, ¿la puedo acompañar a su casa?, y ella no dijo nada, solo le sonrió con una sonrisa que iluminaba y le hizo un gesto aprobativo, y este se le arrimó y no atinó ni a recibirle los libros, se limitó simplemente a caminar a su lado. Le gritábamos a coro Eso, parcero, galán, vos sos el mejor, y todos nos alegramos porque al verlos así, juntos, realmente hacían bonita pareja. Kokorico también mostraba signos de alegría que en principio no supe interpretar y creí que era la solidaridad propia del amigo, y después entendería que su agrado era producto de que en su mente era el inicio del plan que remataría en el ultraje de la bella niña. Muy poco se dijeron en esa primera arremetida, presos ambos de una timidez insondable, apenas los nombres y en qué curso estaban o lo que hacían, bobadas así, pero fue la puerta de entrada a un mundo desconocido para ellos, el del gusto por el otro, un mundo dulce aunque incierto y agrio por momentos: la ansiedad se les notaba a los dos cuando se acercaba la hora del mediodía, él estrenó apariencia, vestía sus mejores ropas, se perfumaba y cuidaba su peinado con ardor de peluquero, esforzándose en no estar muy trabado a la hora en que salía al encuentro con Sandrita, ya que se saludaban de pico y algunas contadas ocasiones ella le aceptaba una gaseosa en la tienda de la vuelta de la esquina. En estas emboscadas planeadas se tardaron alrededor de un mes antes de formalizar su relación de novios, y a todos se nos fue volviendo cotidiano que ellos estuvieran juntos o que Johan se ausentara de la esquina en las tardes para ir a charlar con Sandrita al pie de la ventana sin que la madre se diera cuenta, y todos fuimos aceptando esto con naturalidad y simpleza, y la figura de Sandrita se iba diluyendo entre las brumas del humo como una mujer vetada por el solo hecho de ser la novia de un amigo, ya nadie se inquietaba cuando pasaba y nunca se le volvieron a dirigir los altisonantes piropos de otrora, pues todos veíamos ahora en ella a la novia de Johan y no a la sobrenatural hembra que era. Todos menos Kokorico, que nunca aceptó que

Johan fuera el novio de ella, siempre decía Mientras no se lo dé, ahí no pasa nada, ese es un pobre marica que la está cultivando pa que otro se la coma, no ven que ni siquiera se lo ha pedido, está esperando que venga otro más vivo y la ponga a perder, y al novio le decía cada vez que podía Qué hubo pues güevón, ¿nada que se lo ha pedido?, usted lo que tiene es que hacerle el revolión a esa china y verá que ahí sí no se la quita es nadie. Fue la primera vez que escuché el término que a poco se iba a hacer tan popular en la cuadra como su práctica y posterior efecto en el vecindario. Johan, que era muy asesino, muy ladrón y muy de todo pero carente completamente de carácter, se dejó llevar siempre en todo, desde matar gente hasta trabarse, empezó a tener fantasías encantadas, ensueños más románticos que eróticos, y en esos raptos de la mente se dejaba también llevar por todos sus amigos, que lo ovacionaban y le brindaban apoyo, hacia el cuerpo inmaculado de su amada Sandrita, y esta lo recibía tierna y dulcemente, y hacían un amor complejo, esperado y anhelante que los complementaba, pero amargo sería su despertar cuando la realidad con sus uñas lo pusiera en su sitio. Kokorico, que sabía de antemano lo que pasaba por la mente del muchacho, porque de alguna manera él lo había plantado ahí, era su creación, le dijo un día estando solos Vea, monín, le tengo el parche armado, una chimba, para que pongamos a perder a Sandrita de una vez y salga de eso, Johan entre reticente e ingenuo le contestó ¿Cómo así, marica? ¿Pongamos a perder? ¿Quiénes? ¿Y por qué?, y el otro dijo ¿No quiere pues comerse a esa vieja?, la casa de Clarens va a estar sola el lunes por la tardecita, invítela y allá le hacemos la vuelta. Johan, negándose a comprender lo que oía, le reiteró ¿Le hacemos? ¿Cómo así? No te entiendo, a lo bien, güevón. Y el otro le fue soltando un discurso que tenía planeado desde el momento mismo en que su tórrida mente había incubado el plan casi tres meses atrás, y zalamero y persuasivo le dijo Vea, mi llave, la vuelta es la siguiente: usted le dice que se vayan para la casa de Clarens, para que puedan hablar más tranquilos, que allá no va a haber nadie, y apenas lleguen usted se la encaleta de una para la pieza y le dice que le va a llevar un jugo o algo, y sale y nos abre la puerta, que nosotros entramos pasitico y sin que se note. Johan, todavía incrédulo, le preguntó ¿Y para qué van a entrar ustedes? El otro le respondió, canchero, Pues para hacerle el revolión, marica, no ve que esa vieja no se lo va a dar a usted solo, parcero, ella como es de tocadita, ¿cree que se lo va a dar así nomás, sin braviarla? Johan se inquietó y ripostó con rabia ¿Vos sos güevón? ¿Y a vos quién te dijo que yo le quería hacer esa mierda a Sandrita, home? Kokorico, que esperaba esa reacción, se burló diciéndole entre risas Ve, qué marica tan tragado, carenovio, ya todo sano y todo enamorado, qué locota, home, no es capaz con esa china, luego bajó el tono y ya conciliador lo atrajo hacia él y le dijo casi susurrando No, parcero, pille que es lo mejor para ustedes dos, la pelaíta es toda tocaíta pero es porque no tiene experiencia y, a lo bien, socio, usted tampoco para saber cómo pedírselo, pero fresco que para eso estamos nosotros, cuando entremos todos empistolados la obligamos a empelotarse y si la china es bien, entonces se va a emputar y nos va a decir que nada, que ella solo se lo va a dar a usted, y ahí usted pilla que sí lo quiere de verdad y entra y se la come, y nosotros nos abrimos y chao pescao, que nada ha pasado, y con eso ya la confirma como polla suya para siempre, y se la puede seguir comiendo cada que quiera. El otro, que no acababa de aceptar lo que escuchaba pero que iba acogiendo cada vez más como propia la idea ajena y la iba adaptando, alivianando en su mente alucinada de mariguanero contumaz, tan solo preguntó ¿Y si ella no se emputa y no dice nada?, el otro respondió Si lo quiere no se deja, y si no, pues todos nos la comemos y antes es un favor, marica, porque ahí sí pilla usted que es una sucia y que no lo merece y pone a sobrar a esa maricona. El final de la charla llegó con la pregunta de Kokorico, que más que pregunta sonaba a una orden, Entonces qué, ¿hacemos la vuelta el lunes?, y el otro, abriendo un boquete en su mente atiborrada de humos y malos humores, una mente sin diseño, incapaz de planear, apta solo para obedecer al crimen, sentenció: Sisas, aguanta hacer la vuelta el lunes. Los cuatro días que separaron el momento de la conversación del lunes pasaron desganados, asustados y sus minutos punzantes como millones de agujas. Johan no esperó a Sandrita el viernes ni la visitó el sábado, solo fue el domingo acosado por Kokorico y tan solo para decirle que se vieran al otro día en la casa de Clarens. El día llegó puntual como una condena y Johan se metió la traba más grande de su vida antes de recoger a Sandrita, que tenía un vestido rosado y lo saludó alborozada, pero él solo la tomó de la mano y le dijo secamente Vamos. El programa se iba dando como lo habían acordado Kokorico y él, llegaron a la casa, fueron a la última recámara y él salió y desatrancó la puerta, nosotros esperamos unos veinte segundos y entramos, el resto fue un desastre de improvisaciones y violencia desatada. Al vernos Sandrita enfierrados y voraces no supo qué hacer ni qué decir, se demoró unos dilatados segundos en comprender: al principio creyó que era una broma, pero todo se puso en su sitio cuando Kokorico se le abalanzó vehemente y destructivo como una maldición, con la pistola en vilo en la mano amenazante y dijo, rapaz, A ver pues mariconcita, no se haga la güevona y váyase pues empelotando que hoy sí va a saber lo que es amor, mamacita, luego la tomó del pelo y se puso a arrancarle el vestido a tirones frenéticos. Johan se pasmó, no era capaz de mover ni un músculo, solo contemplaba el espectáculo estupefacto y sin hacer nada. Kokorico nos miró acucioso y nos conminó Qué hubo pues maricas, ¿se van a quedar ahí parados o qué pues, carechimbas?, ¿lo hago todo yo solo? Pasaron unos segundos que siempre recordaré largos como años, con los gestos contenidos en el rostro de todos: estaban mi hermano Alquivar, Herbert la Loca, Clarens el Bizco, Mambo, Denis mi primo, Pepe, Yiyo, Arcadio el Calvo, Felipe, Marcos y por supuesto Kokorico, que era quien conducía la acción, pero sobre todo recuerdo el rostro petrificado de Johan, algo en él denunciaba repugnancia. Ahora que lo analizo era un asco de sí mismo, de estar ahí, de hacer eso, creo que por primera vez en su vida dimensionó realmente algo, y después de la hora y media que duró el asalto más o menos, algo en la vida de ese muchacho se fracturó irremediablemente, de ahí en más nunca volvería a ser el mismo, como lo confirmarían los hechos ulteriores de sus días. La muchachita empezó a delatar su desnudez llorosa y los más grandes acudieron a suplantar a Kokorico en los maltratos y agresiones con que sometían a la niña, le abrieron las piernas entre varios y Kokorico se bajó los pantalones presto a estuprarla, y su virginal humanidad se vino abajo entre gritos hondos como abismos sin ecos. Después de la primera arremetida fiera, la sangre manaba profusa, manchando el miembro erecto del agresor, y caía sobre las sábanas blancas pintando indelebles y siniestras memorias en los participantes, pronto se ahogaron los gritos de Sandra y quedaron tan solo las lágrimas que brotaban incontenibles y chorreaban por sus mejillas para borrar con ellas no solo su virginidad sino su inocencia y su confianza en el género humano a perpetuidad, mientras algunos se iban desnudando en espera del turno para continuar la profanación de un cuerpo que dejó de pertenecerle a la víctima desde ese momento y para siempre, y uno a uno fuimos pasando por ese terreno menoscabado en que habíamos transformado su cuerpo antes pulcro, bello, sin mácula, deseado, imposible, todos menos Johan. Ella lloraba y lloraba, y lo miraba como suplicándole con el alma que la salvara pero él seguía pasmado, atónito viendo la consumación de su proyecto mientras que Kokorico le decía riéndose a carcajada batiente y casi gritando Sí ve, marica, que es una perra, ni siquiera se queja, ni se defiende, qué puturra más arrecha, esa lo que está es encantada con esta mano de vergas. Mi turno fue entre los últimos como correspondía a mi rango en el barrio, cuando su cuerpo ya no resistía más infamia y languidecía, fue una experiencia áspera y malsana, yo no sabía qué hacer y mi hermano me empujaba con expresiones de encono e impaciencia, Dale pues, güevón, que no tenemos todo el día, hágale pues pelao, bote el miedo y métaselo de una, así que me bajé los pantalones trabajosamente y sostuve mi miembro a medio erguir, tratando de introducirlo por esa obertura sanguinolenta, y me costaba mucho trabajo conseguirlo porque a pesar de la sangre que seguía saliendo estaba muy desecada, tanto que mi antecesor Pepe tuvo que lustrarse el pene con jabón de lavar ropa antes de hundirlo en la niña, finalmente pude embutir la cabeza de mi verga en su extenuada vagina, sentí un dolor que me raspaba, me agité algunos momentos y fingí que eyaculaba adentro de ella emulando a los muchachos que me habían precedido, lo saqué y me limpié con el borde de la sábana que colgaba de la cama y me alejé pensando que era demasiado alboroto para una cosa tan poco placentera. Demoraría muchos años en entender el sexo como algo deleitable ajeno a la violencia y el dolor infligido, pero debía ser fuerte y mostrarme a gusto con el oprobio que acababa de causar, así me doliera física y espiritualmente y me reprochara en el fondo por lo que estaba haciendo, tuve que olvidar en el momento las recriminaciones que me estaba haciendo y seguir actuando el papel de siniestro y glacial violador que tanto me ha costado durante estos largos años de recordaciones. Cuando todos hubimos saciado nuestros apetitos y avideces con poluciones reales o supuestas, vestimos a Sandra lo mejor que pudimos y la echamos a la calle como a un perro, luego nos pusimos a intercambiar opiniones sobre lo acontecido entre charlas y humos de bareta y cigarrillo: unos se reían recordando gestos de la niña y otros se vanagloriaban de sus incursiones o remarcaban apartes de la fisionomía de la muchacha. Johan se fumó tres baretos seguidos encendiendo uno con la pata del anterior en completo silencio y se despidió de todos diciéndonos Bien, bacano que se la sollaron con Sandrita, luego hablamos, cerró la puerta y lo vimos alejarse cabizbajo camino a su casa.

Los días siguientes al asalto de la niña pasaron anodinos y repetitivos, cada vez hablábamos menos de lo acontecido y cada quien planeaba por su lado nuevas invasiones a potenciales víctimas. Los vecinos de la cuadra supieron del suceso porque en estos barrios todo se sabe, aunque nadie se atrevió a reclamar y mucho menos a denunciarnos, pues las consecuencias habrían sido peores que el mismo revolión, las niñas sí se tornaban más esquivas y prevenidas que antes con nosotros y los padres fueron la flor de la precaución, encerraron a sus hijas preventivamente y si tenían que salir por algún motivo de urgencia, las acompañaban siempre o las vigilaban hasta en el baño de sus casas, no fuera a ser que el mal tomara formas insospechadas y se insertara en sus hogares por algún vericueto del descuido, por lo que de un momento a otro nos vimos desprovistos de mujeres en la cuadra, que al principio nadie lo notó claramente pero con el paso de los días fuimos cayendo en la cuenta de que no habíamos vuelto a ver a las muchachas reunidas en sus juegos y que todas volvían del colegio de la mano de sus padres, madres o de sus hermanos. De Johan nadie supo hasta quince días después de lo sucedido, en que apareció en la esquina más trabado que nunca, con ojeras de mal dormido y cuerpo de guiñapo, y nos contó que desde ese día se había ido para una finca de una tía en Guarne porque se quería sacar a Sandrita de la cabeza, pero que no se adaptó al frío y por eso se devolvió. Nadie le creyó porque bien sabíamos que no tenía tías, pero nadie tampoco quiso indagar más a fondo qué había hecho en esos días, lo cierto fue que después de haber traicionado a Sandrita se fue para su casa y se tomó íntegro un frasco de matarratas que tenían en la cómoda debajo del lavadero, con tan mala suerte para él que el sabor era asqueroso y vomitó casi todo lo que había ingerido antes de desmayarse, por lo que al llegar su madre lo encontró tirado en el baño y lo condujo a la policlínica, en donde le hicieron un lavado intestinal y lo dejaron guardado en recuperación dos semanas. Cuando lo vi de nuevo en la esquina no sé por qué lo rehuí, tal vez al igual que todos quería esquivar una conversación incómoda en donde seguro afluiría el nombre de Sandrita y no quería ser yo el que le contara que ella se había ido con sus padres y que nadie supo jamás para dónde, pues a los cinco días, de nochecita, vimos arrimar a la acera de su casa un furgón de acarreos en donde montaron sus trebejos y se largaron para siempre de la cuadra y de nuestras vidas. Johan finalmente se enteró porque Denis le dijo, después de eso se volvió una ausencia en carne viva y su vida transcurría entre trabas mayores y borracheras rutinarias: dejó de acicalarse, él siempre tan bien puesto, y descuidó además de su aseo su pequeña y frágil mente, hasta que terminó encerrado en sí mismo presa de una irremisible demencia. En su delirio vagaba harapiento por el barrio diciéndoles a las niñas que se encontraba a su paso Te voy a hacer el revolión, por lo que en corto tiempo pasó de ser temido a ser vapuleado y escarnecido, los niños le decían el Coco, Jobitan o el Loco del Revolión. Muchos decían que lo desvió la mariguana, pero yo sé que lo quebró su propio invento.

Haciendo frente a la escasez de niñas de la cuadra y ya adecuados al revolión como práctica fácil para acceder al sexo, incursionamos en otras cuadras y en la mata del personal femenino, los colegios de señoritas. Buscando nuevas chicas nos apostábamos en las afueras, esperando la salida, y ahí fue que vimos por primera vez a Claudia y el que la convidó de entrada fue Denis, mi primo, quien se le acercó y le dijo Eh ave maría, mi amor, con esos ojos para qué cara, y con esa cara para qué piernas, y con esas piernas me dejo llevar a donde quiera. Ella le sonrió discreta pero dejó que él caminara a su costado, el lazo ya estaba echado y más pronto que tarde daría sus frutos, pues la relación de estos dos fue fluida desde el principio. Claudia, a diferencia de las otras chicas de su edad, era más desparpajada y locuaz, incluso fue ella la que tomó la iniciativa para el primer beso que se dieron ya que Denis le gustaba en serio y siempre estaba presta para demostrárselo, le regalaba carticas y esquelas con mensajitos enamorados y él se dejaba querer, aunque guardaba agazapado en su alma el mal. La sesión de ultraje se concretó entre todos los pillos para el sábado de fin de mes en la casa de la propia Claudia, ya que sus padres se ausentarían a un retiro espiritual programado por la iglesia pentecostés a la cual pertenecían. Yo no pude participar porque mi madre me obligó a que acompañara a mi papá a un recorrido por La Pintada en el camión que manejaba, pero a mi llegada todos hablaban de lo sucedido y se solazaban recordando hasta el último detalle acaecido, siendo así como logré reconstruir la invasión al cuerpo y la propiedad de la muchacha como si hubiera estado presente. La rutina fue más o menos la misma que seguimos con Sandrita, adobada con nuevas y desenfrenadas corrupciones, además con un epílogo inusitado y ardoroso: la penetraron todos los pillos que entraron a su casa, nueve en total con Denis a la cabeza, e hicieron en ella lo que les dio la gana, experimentaron posturas acrobáticas e incómodas imaginadas con anterioridad en las mentes desviadas de adolescentes aficionados al incipiente porno que nos llegaba por esos días y que veíamos al escondido, pero que caló hondo en el inconsciente sexual de toda mi generación, creando algunas parafilias y aberraciones que en muchos casos desordenaron la vida sexual adulta de los que llegamos a tenerla. Perforaron agujeros vedados transformando salidas en entradas, macularon a la muchacha en todas las formas posibles y remataron el acto atrozmente: la muchacha desmadejada, con la boca y el alma secas, no quiso acceder a chupárselo a Kokorico mientras Yair y Yiyo la penetraban simultáneamente; aquel la abofeteó duramente y dijo Ah, muy rebelde, malparida, espere y verá, y fue hasta la mesa, tomó unas tijeras y asiéndola del cabello le fue destazando la luenga y negra melena, mientras ella zigzagueaba la cabeza tratando de evitar el embate, solo consiguiendo con eso que él equivocara el pulso y le rayara la mejilla con un tajo sutil pero disforme que llevaría para siempre como sello indeleble del día de su desdicha, para luego dejarla tirada en su cama, mancillada y dolorida, y abandonaron su casa alborozados. Desde ese momento y durante trece largos años, hasta que al fin descansó al ver a mi primo Denis muerto, bañado en sangre, tirado en la esquina, todo en la vida de Claudia fue odio, un odio cerril, contumaz, oscuro y ladino contra todos y cada uno de los que participaron en su ataque, especialmente contra su novio Denis, que había sido el auspiciador, el que le había tendido la trampa fatal, y desde ese instante su único objetivo en la vida fue la venganza contra él, a la que con tenacidad de coleccionista, y durante todos los días de los siguientes trece años, se consagraría a alimentar, a consentir y a fundamentar hasta hacerla posible. Lo que ella no sabía en ese momento era que en su vientre empezaba a germinarse el cuerpo y la mano que harían posible esa venganza.

Por mi parte, al haber faltado a la cita con Claudia me sentía en deuda conmigo y con el combo, y quise hacer mi propio revolión: la escogida para tal efecto fue Natacha, una compañera de colegio de Claudia que vivía en la cuadra paralela a la nuestra. Estaba cercana a cumplir los quince años y aunque carecía de los encantos de su amiga compensaba su falta de atributos con personalidad, era alegre y de charla fácil, lo que me abrió el camino para que pudiera arrimármele. A mí realmente no me gustaba pero yo a ella sí, lo supe porque me enviaba miradas pícaras y recados con las amigas, y como yo no solo era inexperto en el trato con las mujeres sino que además nunca he sido de una belleza notable, vi en sus insinuaciones mi única oportunidad de fraternizar con una mujer en plan de conquista, por lo que empecé a visitarla y a abonar el terreno y ella era bastante receptiva conmigo. Después de darnos algunos besos durante unas cuantas semanas pensé que era el momento adecuado para llevar nuestra relación a un punto más íntimo, por lo que siguiendo los patrones que habíamos aprendido y desarrollado con eficiencia le comenté mis propósitos a Yiyo y a su primo Omítar, que aún era virgen y se entusiasmó un montón con la idea de dejar de serlo. Ellos me prestaron la casa y el fierro con que iba a llevar a cabo mi revolión, pero no quise que nadie más se enterara y creí que sería suficiente para la muchacha con nosotros tres, así que la invité a que viéramos una película de Freddy Krueger en la casa de Omítar y ella aceptó. El día del revolión todo fue un fracaso, lleno de torpezas de principio a fin: ella llegó con retraso de una hora a la cita, lo que precipitó los acontecimientos porque los padres del dueño de la casa estaban prontos a venir y no tuve tiempo de preámbulos ni pantomimas, apenas entró la conduje a la sala que daba a un balcón porque ella dijo que tenía mucho calor, nos sentamos en el sofá y yo inmediatamente saqué el revólver 32 corto que tenía ajustado en la cintura. Ella observó intimidada y me preguntó ¿Y eso para qué es?, yo no esperaba esa pregunta y le contesté Pues para disparar, y ella aventuró ¿Y a quién le vas a disparar?, y en medio de mi torpeza y dándomelas de malandro le dije Vea, Natacha, yo no la traje a ver una película sino a comérmela y aquí en la pieza están Yiyo y Omar que también van a participar, pero fresca que solamente somos nosotros tres, y va a ser bacano, espere y verá, y a medida que yo le hablaba su cara iba cambiando de color pasando de un rosado claro a un rojo intenso y sus ojos antes soñadores se habían vuelto dos palmetas inyectadas de ira. Se incorporó rauda del sofá y ganando el balcón que en mi descuido había dejado abierto empezó a gritar Ve, este hijueputa violador me va a hacer lo que le hicieron a Claudia, perro hijueputa, haciendo un escándalo de mil demonios que convocó en un santiamén a un acervo de chismosos que observaban cómo seguía gritando Auxilio, estos putos violadores me van a matar, y amagó con tirarse del balcón, fue tanta la algarabía que en medio del aturdimiento provocado, Omítar le abrió la puerta y la obligó a salir diciéndole Váyase de una puta vez pero deje el malparido bullicio. Quedamos sumidos en el más absoluto silencio que finalmente Yiyo quebró para decirnos Sabe qué, parceros, lo que tenemos que hacer es matar a esa hijueputa antes de que nos boletee, por lo que yo entendí la gravedad del asunto, que realmente era importante lo que acababa de ocurrir ya que no había pasado que una pelada se hubiera salvado de nosotros antes: teníamos que ser duros en las represalias porque de lo contrario sentaríamos un precedente fatal para el combo, cualquiera pensaría que podría zafarse de nosotros con solo gritar y hacer una pataleta, pero el asesinato me parecía exagerado. Me vi enfrentado a una situación verdaderamente delicada y tuve que actuar sigilosa pero rápidamente, inventarme una disculpa para excluir la muerte de toda posibilidad, así que sacando un talante de autoridad que desconocía en mí les dije imponente No, matar a esa hijueputa es hacerle un favor a esa perra y asustar a todas las viejas sin necesidad, además que no creo que Reinaldo lo apruebe, lo que vamos a hacer es hacerle el gorro de sacol a esa gonorrea para que siga de tocada y gritona la mariconcita esa, los tres aprobamos y yo me fui para mi casa ridiculizado y aburrido pero tranquilo porque no tenía que matar a Natacha como era de esperarse para una deshonra como la que nos había propiciado. Al arribar a la esquina por la noche fuimos el hazmerreír de todo el mundo, lo que encolerizó más aún a Yiyo, que quería que le hiciéramos el champú a Natacha esa misma noche, logré calmarlo y posponer el desquite hasta el otro día: la esperamos los tres a la salida del colegio y en cuanto la vimos, nos le fuimos encima y mientras Yiyo y yo le sujetamos los brazos, Omítar le vació media botella de sacol en el pelo y se la esparció con ahínco. Ella gritaba y pataleaba, y en otro descuido mío me alcanzó con sus dientes en un hombro, no quería soltarme hasta que Omítar le dio un puñetazo que la despegó, y en medio de la trifulca también arañó a Yiyo en la cara. La dejamos llorando tendida en media calle y corrimos a refugiarnos en la cuadra, como siempre con el regusto en la boca del deber cumplido, aunque mayor era la satisfacción de verla pasar del colegio para su casa de la mano de la mamá todos los días cubierta la cabeza con un gorro de lana. El revolión se hizo norma en la cuadra y trascendió al barrio en poco tiempo, otros combos lo implementaron y hasta los bandidos en serio, los mayores, lo usaron con muchachas que tenían entre cejas y como forma de escarmiento para las más disipadas y taimadas. Supe de oídas de muchos casos horribles en los que no participé como el que le hicieron los del hueco a la mujer de La Guagua, pues al no poder capturar al esposo la cogieron a ella y le hicieron de todo durante tres días hasta que no pudo más, y durante una pausa en que bajaron la guardia se les aventó de un cuarto piso donde la tenían secuestrada y se mató, o el que le hicieron los más grandes de la cuadra a Sandra Rivas, o el de Marina, que terminó después de unos años casada con uno de los bandidos que la ultrajó. Fueron muchos años y muchas mujeres abusadas, destruidas por nosotros por el solo hecho de existir, de ser mujeres guapas en un ambiente hosco y tiránico, donde lo que no se puede tener buenamente hay que dañarlo para que nadie más lo use: esa es la lógica del pillerío, lo que quieren lo toman y punto, sin importar a quién se lleven por delante.

Tantos casos que no caben en estas hojas, tantas vidas estropeadas por el capricho de unos pocos protervos y su cohorte de áulicos que no tengo el ánimo de contar ni el derecho de contaminar su memoria trayéndolos a este relato, pero entre tantos casos hay uno que tengo que mencionar no solo por lo funesto, sino porque fue la última vez que estuve en un revolión, aunque esta vez fui solo como espectador. Entre los bandidos de la cuadra había una jerarquía bien definida que respondía a las edades: estaban los mayores, creadores del combo, capos y líderes naturales que estaban entre los veintiocho y los treinta y cinco años máximo, eran los intocables, casi nadie accedía a ellos, no vivían hacía mucho tiempo en la cuadra y solo tomaban partido en los asuntos cotidianos cuando revestían sumo cuidado y eran delicados, entre ellos los patrones Reinaldo y Amado Risco, y sus lugartenientes y manos derechas la Piraña, John Darío, Navajo, Pirry, Terry, Cuke y otros, tenían jurisdicción y autonomía por encima de cualquiera y nada se hacía sin el permiso de ellos. Después estaban los subjefes o bandidos reconocidos, que oscilaban entre los veinte y veintiséis años, solo le daban cuentas a los capos y mandaban sobre los matones a quienes proveían de encargos. En esa escala estaban Tito el Gusano, el Loco Nacho, el Zombi, Paco, Vidal y Martin Harold, entre otros. Debajo de ellos estaban los sicarios y ladrones que eran la mayoría, casi todos menores de edad, encargados de puntualizar los trabajos de robos y asesinatos, ahí estaban mi hermano Alquivar, Kokorico, mi primo Denis, Mambo, Clarens, Johan, Anderson, Lleras, la Loca Herbert y muchos más. Finalmente estábamos nosotros, los cantoneros, los más jóvenes, entre doce y quince años más o menos, que nos desempeñábamos como mandaderos, recaderos y hacíamos todas las trastadas y travesuras que ya los grandes olvidaban o no ejercían, como las cascadas a pelaos del colegio, el robo de los morrales y el empaque y distribución del vicio en las plazas, además de ser los vigilantes de la Policía, oficios menores todos, por eso nos decían los carritos, éramos Pepe, Yiyo, Omítar, Yair, Arcadio el Calvo, Choper, Maldonado y otros, además de Chicle, que aunque tenía alrededor de treinta años nunca ascendió, fue el eterno carrito hasta que lo mataron ya viejo, encargado sobre todo de arrastrar los muertos de la cuadra y botarlos en otros lugares para borrar las pistas y sospechas del entorno.

Uno de los subjefes era Tito el Gusano, un tipo malo pero querido en la cuadra porque era el representante asequible de los malos: saludaba a todo el mundo por el nombre, recibía quejas puntuales de los vecinos, cada vez que coronaba un negocio armaba fiestas bulliciosas de dos y tres días en las que repartía plata y regalos a los niños, y tenía personalidad y gracia, lo que hacía que la gente se sintiera cómoda en su presencia y olvidara por un momento a qué se dedicaba realmente, era la cara amable y visible del crimen y tal vez por esa forma agradable de ser logró conquistar a una mujer muy alejada de su mundo. Se llamaba Betty y era costeña además de rica y muy hermosa, vivía en un barrio de clase alta al sur de la ciudad, pero se mantenía en el nuestro en parte por su amado pero sobre todo porque le gustaban el caos y el movimiento nocturno de los barrios populares, tan diferentes a las calmas, silenciosas y desalmadas noches de los barrios de ricos, en donde se puede vivir toda una vida sin saludar al vecino, sin conocer absolutamente nada de sus semejantes. Lo que se alcanzaba a percibir de su relación dejaba entrever un amor tierno y real, él era muy diligente con ella y ella a su vez vivía pendiente de él, se notaban felices y muy enamorados. Nunca supimos bien qué fue lo que desencadenó la tragedia, pero las especulaciones posteriores al hecho sugerían que él la había descubierto en una infidelidad con un muchacho del mundo de ella, un gomelito hijo de un ganadero poderoso que se había encargado de protegerlo mandándolo al extranjero, donde las balas de Tito no lo alcanzaran. Ella se quedó tratando de arreglar la situación con Tito, cerca de él, donde las balas sí la alcanzaron y de qué manera. Lo que se comentó después fue que Tito, que la amaba, le había dicho al conocerla muy en serio que era capaz de hacerse matar por defenderla, por cuidarla, y que él se partiría el culo por darle la vida a la que estaba acostumbrada, pero que nunca le iba a permitir que se la hiciera con otro, que pensara muy bien las cosas antes de meterse con él porque una vez que se metieran, él no iba a tolerar eso, que si eso llegaba a pasar él le pegaba tres tiros en la cabeza y después se mataba. Ella aceptó quizás porque en ese momento pensó, como pensamos todos cuando encontramos una persona que creemos la indicada, cuando sentimos en el pecho que una relación va a durar para siempre, que eso nunca iba a ocurrir o tal vez porque no creyó que él fuera capaz de hacer una cosa de semejante envergadura, porque al que ella conoció fue al Tito cariñoso y afable, siempre sonriente y dispuesto para satisfacerle todos sus caprichos, y no al bestial y despiadado asesino que también era, porque los seres humanos no somos uno solamente, inmutable y parejo, somos antes que nada plurales, con una pluralidad dicotómica y contradictoria que nos hace levantarnos angélicos virtuosos y acostarnos demoniacos asesinos sin que el universo haya notado nuestra mutación, porque en ambos estados mantenemos la misma mueca. Al final lo que puedo contar con certeza fue lo que ocurrió porque lo vi y lo viví, tal vez sería mejor decir que lo sufrí. Un domingo de marzo, como a las cuatro de la tarde, mi hermano me dijo que fuéramos a la casa de Tito, que él lo había mandado a llamar, que estaba todo enfarrao. Al llegar lo primero que percibí fue un penetrante olor mezcla de aguardiente y mariguana que flotaba en el aire y se confundía por momentos con la pestilencia de orines rancios que salía del baño, luego vi a Tito rodeado de muchos de los muchachos, tirado en el sofá con la nariz untada de perico y jugueteando con una pistola 45 Sig Sauer en la mano. Levantó la cabeza y pude notar que estaba completamente borracho y zumbado como todos los demás, y al reconocer a mi hermanito lo llamó a su lado y tomándolo por el cuello le susurró Alquivítar, parcero, yo estoy muy loco, mi negro, necesito que me haga una segunda, ahoriţica va a venir esa perra hijueputa de Betty, apenas llegue me la encaleto pa la pieza porque necesito hablar con ella, pero apenas pasen diez o quince minutos vos entrás con estas gonorreas que yo ya la tengo empelota y le hacés el revolión, y apenas acaben con esa hijueputa traicionera la voy a matar. Mi hermano puso la cara de asombro más grande que jamás le vi y supongo que pensó que era una chanza de mal gusto producto de la borrachera y la traba en que estaba el Gusano, porque quitándose de encima el pesado abrazo se levantó para responderle Parce, ¿vos sos güevón? ¿Cómo así? Mano, no chimbiés con eso, estás muy loco, home, no digás esas vainas ni charlando, home. Tito bajó la cabeza, se tomó un trago de guaro que tenía servido en una copa de vidrio y le dijo Llave, es en serio, y te lo estoy pidiendo a vos porque estás en sano juicio y no como todos estos carechimbas, que están más fumaos que yo. Mi hermano le dijo Parce, ¿qué pasó pues, mi llave? Nada, dijo Tito y se emperró a llorar, hablando para sí mismo, pero igual todos lo escuchábamos: Yo se lo dije a esa puta de mierda, que no me cagara, que no me encochinara con nadie, qué hijueputa dolor tengo aquí, y se señalaba el pecho con la pistola, mi hermanito lo abrazó y trató de calmarlo diciéndole No, marica, hable con ella, a la final son películas tuyas, esa china es bien, esa pelada lo quiere a lo bien. El otro se puso serio de golpe, aspiró con fuerza para dejar de llorar y le dijo a mi hermanito Men, yo no quería llegar a esto, pero lo que le estoy pidiendo no es un favor, es una orden, parcero, lo hecho, hecho está y esa piroba de hoy no pasa. Mi hermano, haciendo un gesto de resignación, contestó Lo que usted diga, mijo, como vos querás, parcero, y se sirvió un guaro y encendió un cigarrillo. La espera se dilataba entre una humareda tan espesa que se podía cortar, algunos hablaban incongruencias de ebrios, otros cabeceaban ganados por el sueño, y mi hermano fumaba callado y se comía las uñas inquieto, como deseando no estar ahí, mirando a Tito, a quien le preguntó Parce, ¿y esa nena dijo que iba a venir?, ¿usted ya habló con ella?, y el otro, después de darse un güelazo de perico, le contestó Sí, esa gonorrea viene, yo hablé por teléfono con ella ahora, lo que pasa es que esa mierda llega tarde siempre, hasta a su muerte va a llegar tarde. Yo miraba a mi hermano y pensaba que seguro estaba deseando que algo pasara, que esa vieja no viniera, que era lo que en el fondo yo también deseaba, pero la muerte, que no acepta ruegos ni reclamos y siempre se sale con la suya, hizo que Betty, retrasada como siempre, llegara a cumplir su cita con ella. Traspasó la puerta que estaba abierta, se acercó a Tito con ánimo de saludarlo con un beso pero este la rechazó ostensiblemente, se levantó y tomándola del brazo la zarandeó diciéndole Vení, hablemos en la pieza, y le hizo un gesto rápido con la mano a Alquivar y le dijo con los labios sin proferir sonido Diez minutos. Nadie habló durante ese lapso, los que estábamos despiertos nos mirábamos y agudizando el oído tratábamos de escuchar lo que se decía en la alcoba pero era inaudible, pasado el tiempo convenido mi hermano se paró de la silla, tomó el arma de la mesita de centro y apurándose un guaro dijo mirándonos Lo que fue, fue, luego se dirigió a la pieza y empezaron los gritos de la muchacha y los insultos, y lo que siguió fue lo de siempre: agresividad, improperios, ofuscación, lágrimas y sangre. Mi hermanito no me convocó y yo tampoco quise ir por mi cuenta, ni siquiera me asomé a la puerta, me quedé en la sala pensando en todo, y cuando ya no quise pensar más, me tomé varios tragos de guaro y aproveché para meterme dos rayas de perico que estaban servidas en la mesa sin que mi hermano se diera cuenta, ya que me lo tenía prohibido, y al cabo de media hora salieron todos de la pieza menos el Gusano. Mi hermano agarró la garrafa de guaro de la mesa y gritándonos a todos nos dijo Nos largamos pues, maricas, se acabó la fiesta que este man quiere estar solo, suerte pues, agonías, y en la acera se me acercó y me dijo Andá a buscar a Chicle y decile que se venga ya para acá, adentro sonaron tres tiros secos, los muchachos se dirigieron a la esquina mientras yo salía en busca del arrastrador de muertos. Tito no se mató ese día como había prometido, la muerte lo alcanzó once días después, cuando olvidó abandonar un carro bomba que tenía que detonar a las afueras de las oficinas de un periódico local contrario a las ideas del cartel y se estalló con él.

4
Claudia y Denis hijo

La vida de Claudia después del revolión no fue nada fácil, pues sus padres, pacatos y rezanderos como eran, al enterarse de lo sucedido la cogieron contra ella, la recriminaron diciéndole que era su culpa, por enamoradiza y brincona, que nada le hubiera pasado si hubiera asistido a la iglesia y si en vez de estarle abriendo la puerta y las patas al novio se hubiera ido a rezar con ellos, que muy bueno que le había pasado a ver si así aprendía y se entregaba al Señor, y la echaron de la casa, tratándola de prostituta, perdida y mala mujer. Al principio, aturdida, enojada y sola, durante los meses que duró su embarazo se vio obligada a parar en casa de unos primos que la trataban peor que a una sirvienta, y tuvo que abandonar el colegio por la preñez y porque no tenía con qué mantenerse. Sus familiares le habían dicho que se podía quedar con ellos pero solo un tiempo, mientras planeaba qué iba a hacer con su vida, pero el embarazo le llegó de golpe y no tuvo más remedio que tragarse su orgullo y soportar estoicamente las condiciones que iban improvisando a medida que avanzaban los días y las humillaciones con que remataban cada jornada, fueron nueve meses infernales que sirvieron para templar su carácter y para remascar su odio por Denis cada día más, no pasó un solo minuto en que no pensara cómo se iba a vengar de él y de ser posible de todos sus conmilitones. Cuando supo que estaba encinta maldijo a todo el mundo, a los que la atacaron, al que la hubiera preñado, a sus padres, que la botaron a la calle, y sobre todo a Dios: cómo era posible que no solo hubiera permitido que la atacaran sino que la embarazaran. Lo llamaba Dios hijueputa y lo imaginaba un dios malévolo y violador también, que amparaba estas cosas y además se burlaba de las víctimas favoreciendo su gravidez; nunca dejó de creer en Dios, lo que hizo fue dotarlo de maldad, sazonarlo con atributos contrarios a los que las religiones solían mostrar. Siempre lo temió como a un Dios horrible, pero desde el día posterior a su ataque desterró de su mente todo contacto con él, no quiso que ese Dios terrible tuviera nada que ver con los asuntos de su vida y así se lo enseñó a su hijo desde pequeño, nunca lo llevó a una iglesia, ella sola en su casa lo bautizó y cuando el niño empezó a inquirir sobre esas cuestiones por la curiosidad que habían instalado en él compañeros y profesoras, ella zanjó el asunto para siempre diciéndole Vea, mi amor, Dios es como su papá, sí existen pero no queremos que tengan nada que ver con nosotros porque nos odian y nosotros los odiamos a ellos. Su primera idea fue abortar pero al carecer de dinero y contactos para desarrollar esa idea la fue aplazando hasta ver qué sucedía y los días fueron pasando. Dormía en una diminuta pieza en el solar de la casa, le tocaba madrugar a despachar para el trabajo o el colegio a su tío y sus primos, y después tenía que arreglar la casa mientras la esposa de su tío veía telenovelas o se iba a jugar bingo. A los cuarenta días de convivir en esa casa, una noche, pasadas las doce, sintió que abrían con maña la puerta de su cuarto y que intentaban encontrar su cama en la oscuridad, así que se incorporó y preguntó, aunque ya sabía la respuesta, ¿Quién está ahí? Era su primo mayor Edilberto, un crápula ayudante de construcción que desde el día en que ella arribó a la casa la desvistió con la mirada y siempre que la observaba se la quería comer con su lascivia, y quien le contestó Soy yo, Claudita, no se asuste primita que yo solo vengo para que charlemos un ratico, y ella entendió al instante que este animal venía a violarla y que esta sería la primera de una serie de noches iguales que solo cesarían cuando ya tenía cinco meses de embarazo y su barriga era del tamaño de una pelota de microfútbol, así que decidió apurar lo inaplazable y le dijo con desprecio Sabe qué, Edilberto, déjese de güevonadas que usted viene es a violarme como todo el mundo, porque como todos los de la familia usted cree que yo soy una facilonga y una reputa que me gusta es pichar parejo, así que ahórrese su discurso barato y no me vaya a pegar que ahí sí grito, así me echen también de esta puta casa, pero sepa que tengo el periodo, aunque a una bestia como usted eso qué le va a importar, así que mejor afánese, haga lo que tenga que hacer rápido y después me deja dormir en paz que me tengo que levantar muy temprano a seguirle limpiando mierda a ustedes. El hombre se deslizó adentro de la cama y con su miembro erguido la penetró con fuerza, fue más rápido de lo que ella esperaba, apenas después de tres sacudidas llegó el espasmo, que lo zarandeó como a un epiléptico, lo que a ella le pareció gracioso y se rio entre dientes, él intentó besarla pero ella lo rechazó hundiendo la cara de lado en la almohada, él la desmontó y salió de la pieza en silencio. Poco a poco fue abandonando el pensamiento del aborto pues a medida que pasaban los días se iba acostumbrando a ese peso nimio en el estómago que iba creciendo, se puede decir que se estaba encariñando con su hijo nonato y no solo con él, sino con su idea, se sorprendía cada rato sobándose la panza y prefigurando cómo sería. Siempre supo que iba a ser un varón y se lo figuraba alto, fornido y muy hermoso, como toda madre primeriza disfrutaba con esas proyecciones, viendo el futuro de su hijo como en cinemascope, esas perífrasis de la imaginación fueron lo único que la mantuvo en pie durante los oscuros meses de la gestación. A las treinta y seis semanas exactas nació el niño, a quien le había puesto por nombre desde antes de nacer Denis, igual que el gestor de su desgracia, y para que no fuera a olvidar nunca su oprobio y su venganza le impuso ese nombre a manera de rebenque, para autoflagelarse cada vez que lo pronunciara, sin sospechar siquiera que con eso estaba incubando en el niño un sentimiento de animadversión por Denis mi primo tan profundo como su propio odio, y que esa trasfusión de enconos signarían el corto camino que su hijo seguiría en la vida y que desembocaría en el asesinato de Denis el grande por Denis el chico a la edad de trece años, marcando el inicio de una carrera criminal que se extendería por algunos años y llenaría de dolor a mucha gente, especialmente a ella misma. A los sesenta y siete días de haber nacido el niño, Claudia llevó a cabo una idea que había concebido desde el sexto mes de embarazo: para largarse de esa casa y mantener a su hijo se hizo puta, oficio que ejercería el resto de su vida con notorio desinterés, aunque con observancia de oficinista y pericia de corredor de autos. Al principio, mientras ahorró lo suficiente para pagarse una pieza en donde meterse con su hijo, mintió en la casa diciendo que había conseguido un trabajo en una bodega en el centro, pero realmente trabajaba en una maloliente cantina de barrio triste en donde atendía desde las diez de la mañana hasta las siete de la noche a cuanto ayudante de mecánico, albañil o chofer de camión se aparecía buscando refocilo venéreo, y en los días buenos llegó a atender hasta a siete en una jornada, pero había días en que se tenía que conformar con un solo cliente. El principio fue duro como todo en su existencia, la primera vez que trabajó tuvo que satisfacer primero al dueño de la cantina, que tenía como política evaluar personalmente a las muchachas que contrataba para observar su desempeño antes de mandarlas al ruedo, era un gordo de ojos saltones que ostentaba orgulloso un colosal miembro que la destrozó al penetrarla por detrás, lo que era su predilección porque decía que si lo aguantaban a él no iban a tener problema con ningún cliente. Fue la primera vez que la cabalgaban así después del revolión, pero no sería la última en la larga procesión de abusos en que se convertiría su trabajo. Pronto se fue adaptando al ambiente cantinero y puteril, y tuvo un éxito increíble durante el primer año de oficio dadas su juventud y belleza, y las mañas que fue adquiriendo con el paso del tiempo. Llegó a tener varios clientes fijos y en especial uno, un campesino de un corregimiento de Santa Rosa de Osos llamado Hoyorrico, que venía a vender sus productos a la ciudad cada ocho días y antes de regresarse para su tierra hacía una incursión en la cantina para visitar a Claudia, que había tomado el nombre de Teresa, en honor a su madre, para ejercer su profesión. Era muy amable con ella y llegó a proponerle que dejara esa vida y se fuera con él para su terruño, que llevara al niño que él lo criaría como propio y a ella no la dejaría pasar trabajos. Ella nunca aceptó aunque el tipo le agradaba al punto de que fue al único a quien le confesó su verdadero nombre, pero se había jurado que nunca le iba a pertenecer a ningún hombre salvo a su hijo y mucho menos se iba a esclavizar por amor ni agradecimiento, la única esclavitud que consideraba posible la tenía reservada para el odio.

Nosotros nos habíamos olvidado por completo de ella hasta que volvió a vivir a la cuadra a los cinco años del revolión, al día siguiente del entierro de mi hermanito, cuando ya a Kokorico también lo habían matado y todas las cosas estaban cambiando en el barrio, pero su odio no había cambiado y Denis mi primo estaba vivo. Ella lo sabía porque nunca dejó de seguirle el rastro, se supo agenciar la información para saber durante ese tiempo en qué andaba. Llegó a la cuadra muy mujer y con un niño pequeño muy mono y muy bonito, y se instaló en un apartamentico a siete casas de la mía por la misma acera. Yo estaba sumido en la más inmensa tristeza que solo logré controlar un poco pegándome una soberana borrachera de tres días seguidos, por lo tanto no supe del arribo de Claudia y su hijo hasta que me la topé de frente en la tienda de la esquina, cuando fui a comprar un Alka-Seltzer para calmar el guayabo. Me miró con rabia, como a todos los que le recordábamos la oscura época del asalto a su casa, me sorprendí no solo de verla ahí sino de verla tan hembra, pese a que solo habían pasado cinco años y ella era tan solo mayor que yo unos dos o tres me pareció una mujer muy adulta, tenía un porte distinto con algo como de soberbia, después de la primera fulminante mirada me ignoró completamente, pagó sus víveres, tomó a su hijo de la mano y salió de la tienda. Yo compré el Alka-Seltzer y pedí un vaso de agua en el que lo diluí ahí mismo y me senté afuera de la tienda a tomármelo cuando se me arrimó Mambo para decirme ¿Sí pillaste a Claudia? Se pasó pa'l apartamento de doña Olga, marica, trasantier llegó con trasteo y qué tales, mera probona venirse a vivir aquí, ¿no? Y tiene ese pelaíto, ¿será que es de ella?, y yo le respondí Pues a la final que es de ella, no la habían echado pues de la casa, de más que se consiguió marido y tienen ese pelao. Mambo me dijo No, marica, qué marido ni qué hijueputas, ella vino sola, con ese niño no más, o no trajo al marido o vendrá después, qué va uno a saber. Me despedí diciéndole Ya veremos, mi hermano, en esta puta cuadra todo se sabe a la final, peremos a ver, y al alejarme oí que me preguntaba ¿Y vos qué? ¿Cómo vas? ¿Cómo está la cucha?, a lo que yo le contesté sin que me escuchara Llevada del triplehijueputa, como todos, men. Nunca le conocimos ningún marido y como nunca le hablamos ni ella a nosotros, no sabíamos nada de su vida, salvo lo que se podía colegir de sus esporádicas apariciones en la cuadra al salir para el trabajo o por la noche, cuando recogía al niño que permanecía durante el día en una guardería de la calle adyacente, pero en este barrio a falta de mejores cosas que hacer se observa mucho a la gente y sus obrares, lo que redunda en una habladuría de suposiciones y sobrentendidos malsana y perenne. Pronto empezaron las especulaciones en torno a Claudia y su hijo, que de quién sería, que dónde estaría el papá, que por qué no le volvió a hablar a los padres si al fin y al cabo eran los abuelos, que ese niño no era de ella o que a la final lo había adoptado, hasta que alguien empezó a hacer cuentas y sin proponérselo aterrizó en la verdad al decir Ese pelaíto a la final es de alguno de nosotros, del día ese del revolión. Todos lo miramos con desdén, pero siguiendo la lógica bien podría ser cierto, además que ya todos sabíamos que el niño era tocayo de mi primo y sobre él recayeron todas las miradas, este se encrespó y gritando enfurecido dijo Oigan a esta mano de gonorreas, a mí me sacan de eso, a echarle el agua sucia a otro más güevón. Y al notar su reacción las burlas no se hicieron esperar, empezamos a decirle Papá Denis, el apá, padrón y otros remoquetes que lo sacaban de quicio y lo hacían braviar y desafiar al que se lo dijera, a mí sin embargo la idea me quedó sonando, y me propuse indagar al respecto.

Desde la muerte de mi hermano empecé a alejarme de la esquina y a desinteresarme de esa vida, aunque conservé e incluso hasta hoy conservo una verdadera amistad con los pocos que sobrevivimos de esa época, mis incursiones a la esquina se fueron espaciando y mi tiempo lo dedicaba a la bebida, a leer y a encontrar respuestas a las preguntas que desde ese momento han atormentado cada hora de mis días, por lo cual me empeñé en volverme amigo de Claudia y saber a ciencia cierta quién era el padre de su hijo Denis. Nunca conseguí ser su amigo pero sí pude acercarme con el tiempo a su hijo y de él extraje las conclusiones que vengo narrando, de la mente de un niño que como una esponja iba absorbiendo los rencores y pareceres de su madre, que desde el día que llegaron a la cuadra y divisó a lo lejos a Denis mi primo le empezó a decir al niño Vea, papito, ese de allá es su papá, pero nadie puede saberlo porque él nos odia y nosotros lo tenemos que odiar también, y no dejó de repetírselo ni un solo día de su vida.

Claudia regresó a la cuadra con una sola intención en la cabeza: vengarse de Denis mi primo y de cuantos habían abusado de ella. Había soportado estoicamente algo más de cuatro años de roñosa prostitución con ese único propósito, pero no encontraba la forma de ejecutarlo. Primero logró ahorrar algo de dinero sin descuidar las obligaciones con su hijo para agenciarse un sicario que le diera bala a sus agresores, pero desistió por considerar esta una muerte muy buena para quienes habían causado su caída, además después de que supo del asesinato de Kokorico y luego de mi hermanito y de otros muchachos del combo entendió que ese era el fin ineludible de todos ellos. Pero se sentía insignificante, quería producir el dolor ella misma sin intervenciones del destino ni tretas de la mala suerte, y aunque se alegró con sus muertes, pensaba que sin que ella fuera la causante del dolor en ellos no obtendría ningún tipo de satisfacción y no hallaría la ansiada calma jamás, el sufrimiento de los enemigos cuando no es causado por propia mano no limpia, estafa, por eso empezó a desear con fuerza y pese a su incredulidad llegó a rezar con convicción de piadosa para que no le fuera a pasar nada malo a Denis que no fuera favorecido por ella. Sin encontrar otro modo más doloso y operante de hacerlo acudió a la brujería, asistida por doña Loli, una puta vieja que trabajaba con ella en la cantina, quien le enseñó los primeros ensalmos y la inició en el sórdido mundo de la hechicería, al que se aplicó con empeño de carbonero y entregándole el tiempo que le quedaba después del trabajo y su hijo: muchas fueron las madrugadas que gastó emponzoñando brebajes en los que hacía naufragar frascos sellados que contenían el nombre de mi primo en letras coloradas o manipulando fantoches de vudú que apuñalaba con agujas y luego enterraba, o pintarrajeando estampas de santos negros que después quemaba buscando a más de destruirlo, sobre todo que sufriera como sufrió, sufría y sufriría ella por su culpa. A Denis su hijo le tocó crecer entre polichinelas encantadas, libros de ocultismo y objetos de nigromancia que se confundían con sus juguetes infantiles. Pero como nada de esto obró con la premura y la eficacia que ella deseaba, y mi primo, que siempre que la veía la evadía, estaba cada día más sano, apuesto y en ascenso dentro del combo, optó por el ataque directo a su familia sin descuidar la magia negra y la teúrgia, y contrató a un gamín que conocía en barrio triste para que atracara y golpeara al papá de Denis, es decir, a mi tío, con tan mala suerte para el gamín que mi tío era un resuelto peleador y respondió al envión del malhechor quitándole el cuchillo y dándole cuatro puñaladas que lo pusieron a las puertas de la muerte, de la que se salvó raspando. El odio de Claudia era áspero, visceral y abundante, pero no hallaba la forma de hacerlo operativo y se desesperaba, hasta el día en que la manera de efectuarlo le cayó de pronto, como un contundente veredicto, sin esperarla y de quien menos se lo imaginaba. Cierta noche, después de recoger a su hijo, que ya contaba con nueve años, en la casa de un compañerito de escuela donde lo cuidaban por las tardes a cambio de un pequeño monto de dinero mientras ella trabajaba, pasaron frente a la esquina tomados de la mano y vieron a Denis mi primo salir de la tienda con una gaseosa en la mano. Ella lo observó biliosa y volteó la cara haciendo un gesto de asco y desprecio; el niño, que estaba observándola, la jaló de la mano y acercándola a su boca como para contarle un secreto le dijo lentamente Tranquila, mami, no se preocupe por él que yo ya casi crezco y cuando esté más grandecito voy a matar a ese hijueputa, para que usted no sufra más. Ella se quedó atónita y en ese momento comprendió todo el mal que había hecho al someter al muchachito a su rencor, pero ya era tarde, en él ya se había instalado el odio como una peste que solo se vacunaría con la muerte ajena y la propia, y que infectaría todos los actos de su vida. Ella le respondió como para salir del mal paso No diga eso, papito, que usted no va a ser un matón como esa mierda, usted tiene que ser alguien bueno en la vida, y el niño no dijo nada y ella tampoco, pero entre ambos sabían que la maldición estaba echada, que el odio es tan corrosivo como el óxido y corrompe todo lo que toca desde la simiente hasta hacerlo blandear y caer, y que esa caída inexorablemente es la extinción.

Para esa época yo pasaba más tiempo con la botella que en la esquina y como vivía alucinado a toda hora, el tiempo transcurrido entre la noche en que Denis hijo prometió matar a Denis mi primo y la primera vez que lo vi haciéndole mandados al Loco Nacho ya con once años de edad se me presenta difuso, metido entre brumas y vertiginoso, pero lo suficientemente claro para recordar que fue la época en que conseguimos crear algún tipo de afinidad y cercanía. En mis borracheras lo veía al salir del colegio hasta que un día lo llamé y él se me acercó, no recuerdo qué excusa utilicé para que se tomara una gaseosa conmigo y entonces poder preguntarle algunas cosas: al principio fueron simplezas como el nombre, en qué grado estaba, si le gustaba el fútbol o qué caricaturas prefería, y a todas mis consultas me respondió con monosílabos esa primera vez, pero abrimos el camino para posteriores indagaciones más profundas. Al menos dos veces por semana lo esperaba al pasar de la escuela y lo invitaba a tomar gaseosa con parva y así fui conociendo su cotidianidad y la de su madre: supe que no conocía sino de vista a sus abuelos, que su mamá no lo dejaba salir solo ni saludar a los de la esquina, que creía que su madre trabajaba en una bodega en el centro donde nunca lo había querido llevar, que ella no tenía novio y que le había jurado que nunca se iba a conseguir uno, y que cuando grande quería ser taxista o chofer de cualquier tipo porque le encantaban los carros. En general era un niño común y corriente, sin ninguna inclinación al crimen, por eso me extrañó verlo en la esquina haciéndole mandados a los pillos, y cuando le pregunté por qué me dijo que le habían dado mil pesos y que eso era mucha plata por ir de una esquina a la otra y me advirtió que por favor no se lo fuera a contar a su mamá porque ella le había prohibido recibir plata de esos señores e incluso pasar por la esquina. Yo le hice notar que no era necesaria la advertencia porque de hecho yo no le hablaba a su mamá, pero que era mejor que le hiciera caso, que ella sabía por qué lo decía, y que ese sitio no era bueno para él, pero fue inútil todo intento de evitar lo inevitable, el pez ya había mordido el anzuelo y nunca más lo iba a soltar. Por eso no me extrañó tanto cuando a los pocos días me lo encontré y le dije que le tenía otras revistas de *Condorito* en mi casa, que me esperara para ir por ellas y entregárselas, y me respondió que no, que no se las diera que antes me iba a devolver todas las que le había dado porque él ya no leía eso, que ya no le gustaban, y al inquirir por qué me dijo que Mambo le había dicho que no leyera eso, que el que leía esas bobadas era un güevón. Realmente me molestó pero no dije nada, ya sabía yo de la inutilidad de tratar de detener un tren con la mano pelada y más si ese tren está conducido por el destino, pero sí me quedé pensando que esa esquina era como un vórtice que con solo arrimársele se lo traga a uno, y supe que ese rechazo de las revistas era el rechazo de la candidez y que en ese gesto estaba contenido el último asomo de inocencia que quedaba en el niño Denis.

No sé por qué Mambo lo hizo, tal vez porque se sentía algo responsable por el muchacho, como todos los que habíamos vivido la época del revolión, o quizás por lo que le había acaecido a él con su propia madre, pero en cuanto salió de la cárcel puso bajo su amparo al niño Denis, casi podría decirse que lo adoptó y lo condujo por todo el camino malandro que siguió el resto de su vida hasta llegar a convertirlo en su mano derecha, a la manera de un tutor y un alumno, y se hicieron tan inseparables que mucho desprevenido o foráneo creyó que en realidad eran padre e hijo. Las cosas en la cuadra habían cambiado mucho en estos años, sobre todo después de la muerte de los dos Riscos, pues el combo quedó huérfano de líder y empezaron a darse al principio sutiles y luego enconados enfrentamientos entre los aspirantes a sucederlos, siendo los más firmes candidatos por antigüedad y por mérito Mambo y mi primo Denis. Mientras Reinaldo estuvo vivo las cosas en el barrio tenían una lógica y una manera de hacerse, nadie podía tomar decisiones sin consultarlo antes a él y nadie movía un dedo sin su aquiescencia, pero en cuanto lo mataron empezaron a desbaratarse las cosas, empezaron a salir los indios con aspiraciones de caciques y todo se estaba yendo al traste. Cada quien hacía lo que le daba la gana, robaban donde y a quien querían, sin importar nada, si eran personas del barrio o incluso familiares de los mismos pillos. Con las situaciones al garete, los bandidos más viejos hicieron una reunión en la que se mostraron las cartas y se manifestaron las dos más claras pero antagónicas tendencias que se querían para el combo: por un lado estaba Denis mi primo, que quería que siguieran trabajando para el cartel de Medellín realizando los secuestros y asesinatos que les comisionaran y que no hubiera ningún traumatismo ni bronca con los duros, solo un cambio de mando y de manejo en el cual, sin decirlo, él se veía como el llamado a ocupar el cargo de jefe, y por otro lado estaba Mambo, quien recién egresado de la cárcel opinaba que era hora de destetarse del cartel y hacer las cosas sin rendirle cuentas a nadie y más que nada sin pagarle tributo a gente que estaba en sus fincas y sus mansiones sin untarse las manos de la mierda que les tocaba comer a ellos todos los días. Se expusieron los argumentos de uno y otro lado pero fue imposible llegar a un acuerdo, y cuando las palabras empezaron a subir de tono y las agresiones residían latentes, se cerró la asamblea con una división parcial del combo y un resquemor entre los cabecillas que pronto se convertiría en guerra total, enlutando y atiborrando aún más de sangre a este barrio agreste. Mambo, que había sufrido en carne propia la muerte y había pagado cárcel largo tiempo, tenía demasiada hambre de mando como para contentarse con ser un esbirro y les declaró a los suyos que él no iba a seguir obedeciendo a nadie, que iba a formar un combo independiente del cartel de Medellín y que los que quisieran tenían un lugar a su costado, pero que los que no los consideraría desde ese día como sus enemigos y que ya sabían, que ahí quedaban advertidos. Solo Yiyo no quiso seguirlo y se fue para el lado de Denis mi primo y le comentó los planes de Mambo, y este no quiso escuchar en serio la información o no creyó capaz al otro de irse en contra de una institución tan enorme y peligrosa como era el cartel, así que hizo caso omiso del anuncio y se dedicó a ordenar la nueva jerarquía en el combo y a comunicarse con los altos mandos para conseguirles trabajo a los muchachos que ahora tenía a su cargo, sabedor como era de que mientras estuvieran ocupados y consiguieran plata con las vueltas que hacían ninguno pensaría en torcérsele ni inquirirían demasiado sobre la decisión de seguir adscritos al cartel como camelladores. Pero el palo no estaba para cucharas y los duros del cartel estaban pasando sus propias penurias: la guerra contra el Estado pasaba por su punto más negro y ellos se mantenían más que nada escondidos intentando salvar el pellejo después de una infructuosa entrega de sus líderes, que terminó en fracaso y huida, y se hicieron más escamados que siempre y ya no confiaban en nadie, por lo que Denis mi primo solo logró comunicarse con mandos medios y para trabajitos puntuales y mal remunerados, además que en la contienda habían aparecido otros agentes que tenían también mucho poder y dinero a granel, y cuyo objetivo primario era desarticular y de ser posible acabar de plano con el cartel de Medellín, sobre todo con su máximo jefe. Lo que Denis mi primo no sabía, y fue la carta que su rival se guardó bajo la manga para sacarla cuando fuera el momento, era que uno de los duros de este nuevo grupo había sido el compañero de celda de Mambo en la cárcel y habían hecho una amistad muy fuerte y provechosa para esta etapa de la historia del crimen en la ciudad, y al salir del presidio le había dicho que cuando cumpliera la condena lo buscara, que él le tenía mucho trabajo para darle, que armara un combo, que matones era lo que iban a necesitar, que la cosa se iba a poner muy fea porque la empresa principal era acabar con el cartel de Medellín. Después de la reunión que sostuvieron en la cuadra y donde se definieron los dos combos que se enfrentarían, Mambo llamó a su amigo y le dijo que ya tenía armado el combo, que qué era lo que había para hacer, y trajo así al barrio lo que mi primo Denis no pudo, es decir, trabajo y sobre todo dinero.

Mi primo Denis no vio venir su muerte y ocupado como estaba en solucionar problemas urgentes se olvidó de lo importante, por lo que Mambo decidió atacar y extirpar de una vez a sus contrarios para poderse erigir como jefe máximo del barrio, olvidando aquello de que no le iba a obedecer a nadie y empezando a trabajar para los nuevos dueños de la ciudad. Y la primera misión era limpiar el barrio de los obedientes a los antiguos jefes, por lo cual decidió atacar primero convencido de que quien golpea primero lo hace mejor y más veces: él y los suyos tomaron la delantera antes que Denis se armara y decidieron matarlo, y el escogido para ese trámite fue Denis el niño, el hijo de Claudia, el protegido de Mambo, quien en principio se mostró reticente a que el niño empezara tan pronto con el asesinato porque sabía que una vez que se empieza a recorrer ese camino no se detiene nunca hasta cruzarlo completamente, y que la mayoría de las veces no se logra atravesar porque casi siempre aparece algo o alguien que lo trunca, que por lo general es una bala en la sien, pero fue tanta la insistencia de Denis el niño que le decía Dejame yo mato a ese hijueputa, hacele, yo me lo lambo en un dos por tres, él no va a sospechar de mí, que al final terminó cediendo. Eso sí, se tomó todo el tiempo necesario para entrenarlo personalmente para que no fuera a fallar, pues Denis mi primo no era una presa fácil, ya que era un pillo viejo y como todos los que han ejercido ese oficio por años saben que su destino está señalado y que en cualquier momento y lugar los aguarda la muerte en cualquiera de sus formas, lo que los vuelve absolutamente precavidos y desconfiados, además de que desde que se había transformado en cabeza de combo vivía siempre escoltado por dos o más de sus subalternos, lo que lo hacía un objetivo muy difícil para un matón sin nada de experiencia. Pero las ganas, el rencor y el afecto que Mambo le tenía iban a hacer posible lo imposible: después de pasar un mes entrenando todos los días con su mentor convinieron que era el momento de matar a esa gonorrea, como le decían ambos, lo jodido ahora era saber dónde ya que siempre estaba custodiado por sus amigos. La solución llegó como una providencia: había que matarlo el lunes, ya que era el día más quieto de la semana, por la mañana, apenas saliera de la casa y antes de llegar a la esquina en la que se encontraba con su combo, dado que a esa hora debía de haber muy pocos en el parche porque los pillos, salvo Denis mi primo, no madrugan a menos que tengan que trabajar y menos un lunes. Así que los que hubiera en la esquina a esa hora, Mambo y los suyos los cogerían de quieto para matarlos después si no se adherían a sus órdenes, y Denis el niño tendría el espacio y el tiempo de maniobrar. Eso sí, le iba a tocar solo, por su cuenta, porque si Denis el grande veía a Mambo o a alguno de los del combo de este, seguro que no salía o se abriría ahí mismo, por lo cual Denis el niño tenía que ser contundente en su ataque y no darle tiempo de nada. Además acordaron que lo mejor después de matarlo era entregarse y confesar porque las cosas en la cuadra se iban a poner muy malucas y los oficiales de Denis seguro iban a querer cobrar venganza, y Mambo no quería a Denis el niño en medio de eso: al entregarse le iban a dar noventa días en una correccional en donde él se encargaría de que no le faltara nada, y durante ese tiempo corregiría los desarreglos en la cuadra, matando a quien estuviera muy ofendido y ofreciéndole adhesión a quien estuviera dispuesto, así quedó estipulado. Era viernes y sin saberlo a mi primo Denis le quedaban alrededor de sesenta horas sobre esta tierra que él ayudó a poblar de sangre y maldad, tal vez lo más horrendo del destino criminal sea eso, estar escrito en la lista negra de algún asesino que ya tomó la decisión de acabar con nuestros respiros en la vida y no saberlo.

La hora señalada del día lunes llegó implacable y en la esquina a las ocho de la mañana solo estaban Yiyo y el Peludo, y a ellos se arrimaron Mambo y Pepe y los encañonaron. Denis el niño esperó a tres casas de la de Denis mi primo a que este saliera, portando un revólver 357 Magnum que había sido requeteprobado y que habían preferido a una pistola, para que no quisiera la mala suerte que se encascarara y el muerto hubiera sido otro, esa es la ventaja del revólver sobre otros artefactos, que nunca se encascara. Denis el grande salió desprevenido de su casa pasados cinco minutos de las ocho de la mañana y ni siquiera notó que Denis el niño estaba a la zaga, encendió un cigarrillo y apenas tuvo tiempo de darle un pitazo cuando a su espalda escuchó la voz casi infantil que le decía Esta va por mi mamá, perro hijueputa, mientras le descargaba el atabal del revólver en la cabeza y la espalda. Seguramente su vida se le dibujó en ese instante como dicen que sucede mientras se le escapaba, cayó de rodillas y luego de cuerpo entero en la acera contraria a la esquina en donde pasó la mayor parte de sus días. Los disparos convocaron los curiosos que en este barrio siempre están dispuestos para el chisme y al asomarnos pudimos ver a Denis el niño con el revólver aún caliente en la mano contemplando el cuerpo sangrante de Denis el grande en una especie de éxtasis. La primera en llegar corriendo a la esquina fue Claudia, que al ver a su hijo se largó a gritar y llorando le decía ¿Qué hiciste, culicagao, por qué vos?

No, no, no, y se agachó para abrazarlo y el niño le susurró sonriendo Sí vio, mami, que yo le dije que le iba a matar a este hijueputa para que usted no sufriera más. Ella, teniendo todavía abrazado al niño, observó profundamente el cuerpo yacente y sintió un cúmulo de contradicciones, trece largos años había esperado este momento y ahora que sucedía no atinaba ni siquiera a saber qué le producía: se sentía liviana con la liviandad que da la venganza consumada, pero también seguía sintiendo odio aunque un odio diferente, un rencor hacia sí misma, pues había transferido a su hijo ese sentimiento durante toda su vida y ese era el resultado: su hijo ya era definitivamente uno más de ellos, igual a los hombres que le habían hecho el revolión, y ella era la única culpable. Ahora tendría que sufrir por el daño que haría este otro Denis a tantos otros seres, nombre maldito que solo lo ostentaron las dos personas que más quiso y más odió en su vida, cinco letras que como cinco puntas se le clavaron en el alma y la destrozaron. Al volver a otear el cuerpo cubierto de sangre, ya sin posibilidad alguna también sintió algo parecido a la lástima o al pesar, tanto había odiado a Denis mi primo que terminó por quererlo de alguna manera, su mal recuerdo la acompañó durante todos esos años como una presencia, por eso ahora se sentía vacía, sin propósito. Zafó al niño de sus brazos y tomándole la mano que tenía libre se agachó hasta el cuerpo de Denis mi primo y sobándole la cabeza le dijo al oído Nos vemos en el infierno, mi querido malparido, y luego llevándose la mano a la boca se la untó de saliva y se la pasó por la cara desfigurada, se levantó y cuando dio media vuelta para dirigirse a su casa con su hijo, este no quiso avanzar y le dijo Fresca, mami, que ya viene la Policía y yo me voy a entregar, es lo mejor para todos, deje y verá, y la madre lo reconvino diciendo Déjese de bobadas, mi vida, venga, vámonos que algo hacemos más tarde, venga, empaque que nos vamos de este barrio y de esta puta cuadra, que así sea al mismísimo infierno es mejor estar allá que en este hijueputa muladar de muertos y daños. El niño asesino le contestó No, mami, yo ya estoy grande y tengo que ir a pagar a esta gonorrea, eso es fácil, no ve que yo soy menor de edad, y cuando salga usted me espera pero no nos vamos a ir de este barrio, no ve que yo ya soy alguien y espéreme un poquitico que yo salga y empiece a ganar duro y verá que tampoco la voy a volver a dejar trabajar, luego se soltó de su mano y se sentó a esperar a que llegaran por él. Claudia sintió todo el peso de sus actos, que cargaría duramente durante el resto de su vida, cuando entendió que su hijo ya no le pertenecía, que como la mayoría de muchachos de la cuadra ya no era su hijo sino otro más de los hijos de la calle. A los doce minutos del último disparo llegaron dos motopatrullas de la Policía y tras una somera investigación apresaron al niño, que continuaba sentado en el borde de la acera. Tuvieron que arrancárselo a su madre, que se negaba a soltarlo entre llantos y gritos, e incluso llegó a arañar a un policía en el brazo, pero como el muchachito no opuso ningún tipo de resistencia los policías no quisieron esposarlo, solo lo montaron en la moto y lo llevaron al comando de La Candelaria, donde después de una corta indagatoria en la que hizo una limpia y concluyente confesión de culpabilidad, por lo que fue conducido a la cárcel de menores de La Floresta, en la cual permanecería durante setenta y dos días siendo un ejemplo de buen comportamiento y de la cual egresaría con un solo pensamiento fijo en la cabeza, ser el bandido más importante de todo el barrio.

A la salida lo estaba esperando su mamá, quien después de los abrazos y los besos de rigor le dijo Denis, mijo, estuve viendo un apartamentico lo más de bonito en el centro para que nos pasemos para allá, estaba esperando que usted saliera a ver cómo le parece, y tranquilo que ya este año lo perdió, pero el próximo vuelve a empezar en un colegio mejor, y el muchacho le contestó Vea, mamá, yo por usted doy la vida si es necesario, pero no me pida esas bobadas, déjese de pensar en casas en otro barrio y vainas de esas que donde estamos, estamos bien y sáquese de la cabeza eso de estudiar que yo ahora lo que voy a hacer es camellar duro a ver si salimos de pobres y empezamos a vivir a lo bien. Cuando se bajaron del taxi que los condujo a la casa, en la acera los estaban esperando Mambo y varios pelaos del combo, quienes entre algarabías y risotadas lo abrazaron, lo levantaron y festejaron su regreso a la cuadra, Claudia pasó por el lado de ellos fulminándolos con la mirada y le dijo a Denis ¿Se va a quedar con estos malparidos a ver si lo vuelven a encanar y de una vez lo matan, o va a entrar a que le prepare su almuerzo favorito? El muchacho le dijo Hágale, mami, que ya enseguidita voy, y siguió departiendo con todos entre los que estaban también Yiyo y el Peludo, que finalmente habían aceptado trabajar para el nuevo jefe y que morirían juntos cuatro meses y nueve días después, cuando cayera una caleta de drogas que ambos custodiaban: algunos piensan que fue el mismo Denis sonsacado por Mambo el que les tiró la ley para que los mataran, pero eso solo son especulaciones de los que nunca nos tragamos esa junta. Ese día empezaría el ascenso en el mundo del crimen tanto de Mambo como de su mano derecha Denis, que los encumbraría al firmamento barrial y los llevaría a ser los dos criminales más importantes, temidos y respetados de este lado de la ciudad, pero que como todas las meteóricas carreras en el universo del hampa tuvieron muy corta duración: Mambo moriría abaleado a los cinco años y tres meses por órdenes de sus nuevos jefes, que lo veían muy subido y decidieron eliminarlo, y Denis lo sobreviviría dieciséis días, cuando fue alcanzado por las balas asesinas de esos mismos personajes al salir de la casa de una novia que se había conseguido y que era mayor que él nueve años, que fue quien lo delató a sus enemigos, y lo mataron porque no querían dejar culebras por ahí después de la muerte de Mambo.

5
Mambo

A Mambo la desgracia le cayó de golpe y sin aviso a la edad
de trece años, cuando al llegar del colegio se enteró de que
su padrastro todo borracho acababa de matar a su mamá
a golpes y la estaba picando con un cuchillo de carnicería
para enterrarla en el patio cuando fue sorprendido por una
vieja vecina muy chismosa que lo observó desde su casa
y llamó a la Policía; supo que su mamá estaba en la morgue y a su padrastro se lo habían llevado detenido con la
ropa toda ensangrentada y aun borracho; que salió de la
casa cabizbajo y que la Policía tuvo que intervenir porque
los pillos pensaban matarlo apenas se supo lo que había
hecho, que todos los vecinos lo habían cogido a piedra y
que él no se inmutó; que lo montaron a la camioneta de la
Policía y que nada más se sabía: ni para dónde se lo habían
llevado ni qué iban a hacer con él. Así, sin preparación
previa, así, de súbito, se le abalanzó la desdicha a la cara y
en menos de una hora pasó de ser un aventajado alumno
de matemáticas en el grado séptimo del colegio a ser un
huérfano desolado y atribulado por no saber qué camino
coger en la vida. Su madre había sido todo pues a su padre
no lo conoció porque había abandonado a su madre un
mes antes de que él naciera, y durante doce años fueron
solo él y ella para todo, nunca tuvo un hermano y su madre, si bien mantenía algún tipo de relaciones esporádicas
con algunos hombres, siempre se cuidó de ser sumamen-
te discreta y de no cruzar con los hombres umbrales que

pudieran molestar a Hamiltong, que era el verdadero nombre de Mambo, hasta que apareció Conrado en sus vidas. Ella trabajaba como secretaria en un prestigioso bufete de abogados en el centro de la ciudad y fue allí adonde él llegó en calidad de cliente buscando solución para un problema de unas tierras en sucesión. Desde el primer contacto visual ambos notaron que una luz extraña los conmovía por dentro: él se le arrimó coqueto y charlador inquiriendo por el jefe de la oficina, y como aún no terminaba la hora de almuerzo, el abogado todavía se demoraba un cuarto de hora para llegar, lo que él tomó al vuelo como una buena señal y así se lo comunicó a Magdalena, que era como se llamaba la mamá de Mambo. Ella le preguntó que una buena señal de qué y él, hábil con la labia como siempre había sido, le dijo Porque así voy a tener un cuarto de hora para conversar con la mujer más linda del mundo, y ella no pudo ocultar su turbación, solo atinó a sonreírse y decirle Yo no charlo con los clientes por política de la oficina, por lo que Conrado sentenció canchero Entonces, señorita, con el dolor en el alma tendré que buscarme otro abogado para no ser cliente de esta oficina y poder charlar con usted. Ella bajó la cabeza sonrojada e intentó desviar la conversación a temas netamente laborales: Y usted, señor, ¿cómo se llama? No veo aquí que el doctor tenga cita reservada para esta hora. Conrado González y no me va a encontrar porque no tengo cita, vengo muy recomendado por mi compadre Adelmo Machado, el doctor sabe quién es y seguro que me atiende, Si usted lo dice, esperemos a ver que ya debe estar que entra de un momento a otro, e insistente Conrado le dijo Pero, señorita, estamos en desventaja, porque usted ya sabe mi nombre y yo todavía no sé el suyo, ella, presa ya del encanto del hombre lo dejó deslizar sin pensarlo, Magdalena Rodríguez, y apenas acabó de pronunciarlo se dio cuenta de su imprudencia: ella tenía prohibido fraternizar con los clientes y mucho menos sin que lo fueran de manera oficial, sin saber quiénes eran. Él notó su ofuscación y la asistió suavemente, tratando de calmarla, Tranquila, Magdalena, que yo no le voy a decir al doctor ni a nadie que usted me dijo su nombre, no se altere. Y en ese momento llegó el abogado, que siguió de largo y sin saludar hacia su oficina, y que al pasar le dijo a Magdalena Tráigame un tinto y un vaso de agua. Ella se levantó presurosa y le dijo Ya mismo, doctor, y observó a Conrado, que le guiñó el ojo, y fue por el agua y el tinto, y al pasar cerca de él le dijo Y usted, señor, ¿quiere agua o café? Él le dijo sin que nadie escuchara Café, pero no ya, esta tarde, cuando la recoja después del trabajo en el café Versalles de aquí a la vuelta, y ella sintió que le temblaban las rodillas y no dijo nada, fue hasta la greca, sirvió el café y el agua para su jefe y con la bandeja temblorosa entró a la oficina. A los tres minutos salió y le dijo a Conrado El doctor lo está esperando, y este se levantó de la silla y siempre sonriendo le dijo Gracias, Magdalena, a la salida la espero, y entró en la oficina. Apenas cerró la puerta Magdalena se tomó la cara con ambas manos mientras pensaba ¿Qué fue esto, Dios mío?, pues nunca antes se había sentido tan intimidada por un hombre, por lo que tuvo que ir al baño y enjuagarse la cara con agua. Lo que había sentido fue un terremoto que estaba destinado a conmover toda su existencia y se devolvió a su puesto ansiosa como adolescente el día de los quince: el hombre la había impresionado con su seguridad y le encantaba su porte, su voz, su manera de estar, de llenar los espacios sin hacer ningún esfuerzo. Luego de cuarenta y cinco minutos se abrió la puerta y ella sintió que se le helaba la sangre: salió primero Conrado y luego el abogado, y con un apretón de manos sellaban lo que al parecer era tremendo acuerdo porque ambos estaban sonrientes y con una confianza que denotaba una inmediata amistad. Al pasar por el escritorio de Magdalena, Conrado se le acercó con sorna y le repitió A la salida la espero para el café. Pasadas las seis de la tarde Magdalena apagó el computador, arregló unos papeles y se dirigió al ascensor. Al ir descendiendo se incrementaba la tensión, mientras pensaba ¿Será que sí me está esperando?, y al salir del edificio se encontró con una avenida vacía de encuentros, no había nadie esperándola, amarga fue su desilusión. Sin embargo tomó aire y arrancó a caminar en dirección al microbús que la llevaría a su casa, y después de unos cuantos pasos sintió un brazo que se le adelantaba por el lado derecho de la cara con una rosa en la punta, mientras le susurraban al oído izquierdo ¿Creyó que la iba a dejar plantada o qué? Se dirigieron al café Versalles y una vez instalados en una mesa del rincón y ordenadas las bebidas iniciaron una charla fluida y amañadora, pronto los cafés dieron paso a media de ron y los temas se fueron volviendo más íntimos. Esa noche de viernes, después de llamar a su hijo e inventarse una excusa sobre una amiga recién llegada del extranjero, amanecieron juntos por primera vez y de ahí en adelante su vida se transformó. Nunca antes se había enamorado de una manera tan colosal, ni siquiera del padre de Mambo, y su vida empezó a ser una constante necesidad de Conrado, se sorprendía cada tanto descuidando los quehaceres laborales por estar pensando en él: todos los días él la recogía y se quedaban haciendo el amor en algún motel de paso o simplemente tomando un café en

cualquier sitio. Al principio el tipo se mostró como un ca-
ballero, respetuoso, adorable y complaciente, lo que incre-
mentó la pasión y el afecto que ella estaba sintiendo, y así
pasaron cerca de tres meses. Pero eran tales los bríos que
ambos sentían y las necesidades que se estaban suscitando
entre los dos, que al siguiente viernes, después de hacer el
amor, aún desnudos y trenzados en las postrimerías del
espasmo, ella le comunicó algo que venía pensando desde
hacía días: ¿Sabes qué, mi amor?, yo creo que tú deberías
venirte a vivir conmigo y con Hamiltong a mi casa, para
que dejemos de gastar plata en estos moteluchos y dejemos estas correteaderas y estos afanes para podernos ver,
a lo que Conrado le contestó sinceramente Amor, en serio
que me muero de ganas, pero no sé, me da como algo, no
sé si dé pena o molestia con tu hijo que un extraño llegue
a usurpar sus espacios, sus cosas y sobre todo a su mamá,
me siento como un intruso, eso es lo único que me detiene, ¿vos ya le has hablado de mí? Más o menos, dijo ella,
no creas, eso también me tiene frenada a mí, Hamiltong
es un buen muchacho, pero nunca ha tenido papá ni nada
que se le parezca, y no sé cómo vaya a tomar el ingreso
de un hombre a la casa y a su vida, pero déjame que voy
a hablar con él y seguro que llegamos a un acuerdo. La
conversación terminó de esa manera, quedaron en verse
el lunes y mirar qué directrices seguir de ahí en adelante
después de que ella hablara con su hijo.

Los fines de semana ella descansaba y eran días en que
se dedicaba a reparar daños puntuales en la casa y a cocinar, ya que entre semana el que hacía la comida era Mambo, que había aprendido esa labor desde muy pequeño por
consideración con su madre: pensaba que ella trabajaba
mucho y que era injusto que después de toda una jornada

laboral llegara a casa a seguir trabajando, por eso se esmeraba en tenerle siempre lista la comida y mantener arreglada la casa. Nosotros en la cuadra nos burlábamos de él porque sin importar qué estuviéramos haciendo, siempre se escabullía a las siete de la noche alegando que tenía que ir a servirle la comida a la mamá, y por las mañanas de los fines de semana o después de mediodía que salía del colegio no tocaba calle hasta que no hubiera hecho los oficios domésticos, por eso le decíamos la guisa, cachifa, la empleada y otros apelativos que lo hacían sonreír, porque en el fondo, de todos los del combo, quizás el más noble y buena persona en principio, hasta la llegada de la malaventura, fue siempre Mambo. Ese sábado, después de un sueño bonito y reparador, Magdalena se levantó a las ocho y media de la mañana y preparó el desayuno favorito de Mambo, huevos con tocineta, y a medida que lo iba cocinando estaba pensando en cómo abordar el tema con su hijo, cómo hablarle de Conrado sin que fuera muy traumático. En esas divagaciones estaba cuando Mambo se levantó y después de pedirle la bendición y darle los buenos días, le dijo besándole la mejilla Uy, mami, huevitos con tocineta, qué bacano, ¿estamos cumpliendo años y yo no sabía, o qué mami? Ella le contestó Siéntese, papito, que ya voy a servir, y desayunaron ricamente y conversando del colegio, el trabajo y otras regularidades, y al terminar y cuando Mambo iba a lavar los platos, la mamá tomándolo del brazo le habló: Hamiltong, mi amor, siéntese y yo le comento una cosita, es que estoy saliendo con un señor que conocí en el trabajo, se llama Conrado y es muy buena persona. El muchacho sintió una punzada en el estómago pero no lo exteriorizó, aunque un gesto incómodo se le instaló inconscientemente en el rostro al decirle ¿Cómo así, mami?, ¿qué es saliendo?, ¿son novios, son amigos, son amantes? A ella esa palabra en boca de su hijo y referida a ella no le gustó ni un poquito y le repicó Ay, Hamil, mi vida, cómo dice eso tan feo, qué piensa pues usted, mijo, de su mamá, que es una moza de cualquiera por ahí, no diga así tan feo, mijo, Pero mami, contestó él, perdone, pero es que no le entiendo, hábleme claro y verá que yo entiendo, dígame, ¿tiene novio?, ¿o qué pitos toca con ese señor? Magdalena se paró, buscó los cigarrillos que tenía en la alacena y encendiendo uno le contestó Precisamente, papi, eso es lo que quiero hablar con usted, mi amor, yo creo que somos novios porque llevamos viéndonos hace ratico ya y yo creo que lo quiero, Cómo así, mami, la interrumpió Mambo, ¿que yo creo que esto, yo creo que lo otro?, dígame las cosas como son, Déjeme terminar, mi cielo, bueno, sí lo quiero mucho y yo creo que él a mí también y queremos irnos a vivir juntos, pero solo si usted está de acuerdo. Mambo se incorporó como un resorte de la silla y ahí sí descuadernado le dijo casi gritando ¿Cómo así?, ¿vivir juntos, dónde?, ¿y me va a abandonar a mí? Ella meloseando las palabras se le acercó para decirle conciliadora Cómo se le ocurre, papito, que yo lo voy a abandonar, tan bobito, no ve que usted es mi vida, cielo, no, yo quiero invitarlo a que viva aquí con nosotros, si usted está de acuerdo, mi amor. Mambo fue calmándose y entendiendo todo lo que estas palabras abarcaban, que eran en realidad un cambio total de vida, se sentó y tomándose la cabeza entre las manos se volvió una sarta de interrogantes: que quién era en realidad, que si ella confiaba en él, que a qué se dedicaba, que ella cómo sabía que sí la quería, que si ya le había hablado de él, y muchas más que ella intentó responder de la manera más diáfana y sincera que pudo, aunque este atropellado cuestionario le sirvió también para que ella misma pensara que en realidad no conocía casi nada de Conrado, salvo lo que se habían contado y demostrado en sus constantes aunque fortuitos encuentros. Claro que también pensaba que había estado mucho tiempo sola, con una soledad que se disimula en otros amores como el amor al trabajo o al tejido, o con el más intenso de todos que es el amor maternal, pero sola de compañía de esa que se requiere para dormir cobijada, para hacerla sonreír, hacerla sentir celos, hacerla desear y sentirse deseada, sentimiento tan necesario en la vida como el mismo amor. Eso es lo que ocurre tantas veces en nuestras vidas, que por sentir dejamos de observar y terminamos cayendo en abismos infernales de crueldad auspiciados por la necesidad y cuyo fondo es nuestra perdición: por esa soledad de los años que se convierten en daños, por eso terminó aceptando a Conrado y persuadiendo a Hamiltong para que lo aceptara.

Así fue como Conrado González entró a vivir a la casa y la vida de Mambo el 1 de diciembre de ese año, y desde que lo vio y su mamá le dijo su nombre a Mambo no le gustó, aunque eso es normal en cualquier hijo sin padre que se tiene que adecuar de sopetón a un padrastro, pero no dijo nada porque no quería herir a su madre, y menos le gustó cuando el tipo recién llegado y recién conocido le dijo Qué más pues, mijo querido, qué muchacho tan grande tiene mi muñeca, desde ahora en adelante, mijo, piense en mí como un amigo o si quiere como un papá. Esta última palabra le entró a Mambo como una puñalada, no solo porque le sonaba grande para un desconocido sino porque guardaba cierto resquemor por no haber tenido nunca el verdadero. La actitud del advenedizo le fastidiaba cada día más: ver cómo le daba una palmada en la nalga a su mamá después de comer para darle las gracias por la comida los fines de semana cuando ella cocinaba, ver que siempre estaba tirado en el sillón viendo televisión o leyendo la prensa esperando que la mujer llegara del trabajo sin hacer nada en todo el día y encima decirle Siquiera llegó, mija, porque estaba que me moría de hambre, y ella sumisa se ponía a cocinarle, porque desde el día que Conrado llegó a su casa Mambo no volvió a cocinar, solo se hacía el almuerzo para él y era cualquier tentempié sin mayor elaboración, y se afanaba poco y mal por los quehaceres de la casa, lo que redundaba en sinecura para la esquina, que cada vez se lo iba ganando más. Le molestaba llegar del colegio y encontrar al desconocido en pantaloneta tirado en la cama y que lo saludaba Qué más, mijo, ¿muchas novias hoy en el colegio?, él tan acostumbrado a una casa solo para él vivir a sus anchas, que llegaba, se cambiaba, hacía el almuerzo y guardaba para la comida con su madre, hacía las tareas y después dormía o jugaba Atari, o hacía lo que le daba la gana para después irse a callejear con nosotros hasta la noche, ahora la presencia del molesto personaje trastocó tanto su rutina que empezó a irle mal en el colegio, a volverlo apático e irascible, y sobre todo muchísimo más callejero. Ya casi siempre estaba en la esquina, llegaba del colegio y dejaba tirado el morral sobre la mesa, que recogía intacto al otro día, se cambiaba, comía cualquier cosa y de una para la esquina, ya ni le preocupaba cuándo eran las siete de la noche para ir a ver a su mamá, casi siempre comía en la calle cualquier chuchería tarde en la noche, un bolis con pan o algo de parva, o de vez en cuando cenaba en la casa de alguno de nosotros que lo invitábamos hasta que ya era tarde, y se iba con la cabeza gacha y pateando piedras a dormir a su casa. Fue tanto su cambio que un domingo su mamá le dijo Mijo, venga, ¿qué le pasa?, vea cómo va de mal en el colegio, y ya usted no para en la casa, ¿qué fue lo que pasó, Hamiltong, papito?, dígame, vea que hasta Conrado que es tan serio me dijo que usted era muy callejero, que él nunca lo veía aquí. Mambo, tragándose la furia horrible que sentía por esta última frase, le dijo Fresca, mami, que no me pasa nada, y le dio un beso y se fue para la calle a donde nadie lo viera a llorar con rabia. Ese llanto a escondidas fue el inicio real de la vida de malandro que Mambo seguiría aunque en ese momento no lo sabía, hasta ese instante su vida en la calle se limitaba a lo que todos hacíamos en aquel tiempo, compartir cosas de muchachos y aspirar a ser malos viendo a los pillos de la esquina con envidia y devoción, cuando mucho un ocasional mandado y los más grandecitos como mi hermanito o Arcadio sirviendo de cantoneros de la Policía o de portadores de algún fierro, pues por nuestra edad pasábamos inadvertidos en las varias requisas que la ley hacía en el barrio. A pesar de nuestra corta edad, ya estábamos signados para lo que seríamos en un futuro próximo: nuestros ídolos de niñez nunca fueron superhéroes de historietas ni futbolistas famosos, nosotros queríamos ser bandidos como los que veíamos a diario en la esquina, cuando unos pocos años antes jugábamos juegos infantiles nunca jugamos a policías y ladrones sino a tombos y pillos de la esquina, y a los más pequeños o los más tontos casi siempre nos tocaba ser los tombos, que irremediablemente terminábamos muertos, y los grandecitos se repartían los papeles principales: por ejemplo mi hermanito decía Yo soy Reinaldo Risco y Denis se tomaba el papel de Amado, y entonces

Anderson tomaba para él el de Navajo y así sucesivamente se adjudicaban la plana mayor. Eneas, Pirry, John Darío y yo jugábamos a atracar camiones o matar policías, esos fueron nuestros divertimentos pueriles, crecimos deseando lo que a la final fuimos todos. Mambo encontró en la calle el escape ideal a su angustia hogareña en esa época y cada vez iba siendo más notado por los pillos. Dado su constante deambular y su permanencia afuera hasta más tarde, los bandidos de verdad se fueron encariñando con él, le encomendaban recados y vueltas pequeñas como traer baretos de las caletas o comprar cervezas, cosas nimias, la fraternización entre él y ellos fue natural porque era el único que encontraban tardecito en la noche para los mandados y porque ellos fueron los únicos que él encontró a esas horas para conversar.

De todos nosotros tal vez él y mi hermanito fueron los únicos que conocieron a Reinaldo Risco sin ser presentados por nadie ni que él los mandara llamar, en un encuentro que se dio natural. En el caso de Mambo fue una noche lluviosa de miércoles cuando Reinaldo, ya patrón del barrio, salió solo a tomarse una cerveza en la tienda, algo supremamente insólito porque para ese momento siempre estaba guardaespaldeado por cinco o más de sus muchachos, como él los llamaba, y se encontró con Mambo sentado también solo afuera de la tienda, y aunque ya lo había visto en la cuadra fue hasta ese momento que le habló porque le pareció completamente indefenso y de alguna manera frágil. Le dijo Pelaíto, ¿qué está haciendo a esta hora por aquí solo mojándose?, y Mambo, que al igual que todo el mundo en la cuadra ya lo conocía y lo idolatraba como a un dios, sintiéndose intimidado solo le contestó No, don patrón, es que no quiero llegar a mi casa, prefiero estar aquí, y el jefe sonriendo le respondió ¿Cómo así don patrón?, ¿es que usted trabaja para mí o qué?, ¿y por qué no quiere llegar a la casa? El joven Mambo, con la voz quebrada por la emoción y rojo como un ají de la pena, agachando la cabeza le dijo No, señor, ojalá, qué pena con usted, es que como así le dice todo el mundo… pero yo sé que usted se llama Reinaldo Risco, pero me daría más pena decirle por el nombre. El patrón, conmovido de alguna manera, no lo presionó más y le dijo Bueno, fresco, y qué pasa pues en la casa, y otra vaina, usted, tan jovencito, ¿por qué quisiera trabajar conmigo y haciendo qué? Ay, patrón, lo que usted me mande, ¿Y para qué?, Pues para que me respeten, dijo el joven. Reinaldo entendió lo que el pelao le quería decir y le preguntó ¿Y es que quién no lo respeta, pues, mijito? Mambo le contestó con coraje Una gonorrea ahí que vive con mi mamá, y no solo por ese pirobo sino para ser alguien en este barrio, para sacar a la cucha y que deje de trabajar es que necesito trabajar con usted. El mayor le hizo otra pregunta: ¿Y usted sabe a qué me dedico yo?, Pues más o menos, fue la respuesta del otro, yo seré jovencito como usted dice, patrón, pero no soy güevón y tengo muchas güevitas para lo que sea. Reinaldo, apreciando la respuesta del muchacho, le tocó la cabeza y lo invitó a una cerveza. Cuando se la terminaron y después de hablar de otras bobadas para despedirse le dijo la frase más feliz para Mambo en la vida, Váyase a dormir, mijo, que ya está muy tarde y ahí vamos viendo qué lo pongo a hacer, que de ahora en adelante usted ya es de los míos, suerte y tenga paciencia. El muchacho quedó atónito, petrificado por lo que acababa de oír y se demoró todavía otra media hora más para levantarse de la acera pensando en lo que acababa de escuchar, le parecía mentira.

Luego se fue a su casa y esa noche no durmió de la emoción, repasaba una y otra vez la frase que había oído y cada vez le parecían más dulces las palabras, las repetía, las acariciaba, las disfrutaba, y al levantarse estaba radiante, sonriente, pero ya era otra su actitud, estaba altivo. Desde ese día ya era otro, era uno de los suyos, era un miembro más de Los Riscos, y así salió para el colegio caminando como bailando: brincaba, corría, saludaba a todo el mundo y así entró al salón bailando, cantando y molestando a todos sus compañeros, y así mismo salió al recreo, en el que por donde pasaba bailaba, hasta que todo el mundo empezó a decir a su paso mam-bo, mam-bo, a él le gustó el sonido y así le dijo a todo el mundo en la cuadra ese día después de clase, Ey, báilame este mambo, y hacía un pasito juguetón y divertido, y tanto bailó ese día que todo el mundo le empezó a decir Mambo, el baile solo duró la jornada pero el remoquete se le quedó pegado para siempre. Con la anuencia del patrón siguió frecuentando la esquina pero ya con otra actitud, como si ya no fuera un arrimado sino un propietario, y así lo entendieron todos los bandidos desde que vieron que Reinaldo lo llamaba por el nombre e iba contando cada vez más con él: le delegaba pequeños oficios, contar dinero, limpiar los fierros o contestar llamadas, pero ya estaba metido en el agite, como se decía, y él siempre fue diligente en sus apaños. Su vida y su estima mejoraron ostensiblemente con esta nueva esfera dentro del combo.

No obstante, su alegría, disposición y ánimo le duraron poco, hasta el día de la tragedia en que de golpe le tocó volverse un hombre y como tal actuar en consecuencia. Ese día se hizo un verdadero criminal, consiguió lo que le faltaba para serlo totalmente, un motivo de odio contundente por el cual nada de lo que pasara importaba, ni a quién ni a qué se llevara por delante, y sin el cual es imposible ser un auténtico delincuente. Después de la impresión primera, la hondura del dolor subsiguiente y el improvisado entierro que fue cubierto en su totalidad por los Riscos, lo primero que hizo fue ir a hablar con Reinaldo, que ya estaba preparando el asesinato de Conrado en la cárcel para que no le fuera a pasar nada al detenido, él quería cazarlo, él y solo él, por lo que le dijo al patrón con voz de hombre y sin una sola lágrima Vea, señor, yo sé que usted iba a mandar matar a ese hijueputa por lo de mi mamá, pero vengo a pedirle el favor de que no haga nada, yo también sé que todavía estoy muy pelao para lo que quiero hacer, pero a esa gonorrea lo cogieron fue en el acto y le van a meter más de los cinco años, que es lo que a mí me falta para cumplir los dieciocho y que me puedan encanar, y de una vez le advierto, patrón, que apenas cumpla los dieciocho me voy a hacer encanar y voy a ir a cazar a ese hijueputa y a picarlo como esa gonorrea quería hacer con mi mamá, pero vivo, y si usted me ayuda y me da camello, yo puedo esperar, ya tengo por qué esperar los cuatro años y punta que me faltan para cobrarme lo mío, pero tengo que ser yo y nadie más. Fue tanta la resolución que encontró Reinaldo en el muchacho que solo le dijo Listo, mijo, si esa es su decisión yo se la respeto y lo voy a ayudar, cuente con eso, solo una preguntica, ¿y si va y a usted en estas vueltas le pasa algo antes o a él lo matan en la cárcel? Mambo le respondió No, patrón, la vida no puede ser tan hija de puta conmigo, y agregó, pero por si las moscas prométame, patrón, que si a mí me matan usted hace que piquen vivo a esa gonorrea, que yo sé que esa mierda va a estar bien allá hasta que yo le llegue. El jefe, que había visto y producido más sangre que nadie, quedó conmovido con la determinación que mostraba el muchacho y dándole la mano le dijo Fresco, mijito, cuente con eso, se lo prometo en serio, luego lo sentó a su lado y mandó a que trajeran una garrafa de aguardiente y se la tomaron con otros más del combo hablando solo lo necesario y Mambo se fue a dormir solo en el mundo a una casa que de ahí en adelante estaba habitada tan solo por el odio, la rabia y el recuerdo. A partir de ese momento Mambo, como todo el mundo lo iba a conocer de ahí en más, entró a engrosar la lista de lugartenientes de Reinaldo Risco en igualdad de condiciones con los más antiguos, que no tuvieron recelo en aceptarlo inmediatamente como uno de los suyos por su espectacular circunstancia, además de ser una adquisición invaluable por su corta edad, por eso él fue el primero de los pelaos en entrar al combo en serio de ladrones, matones y sicarios de los Riscos y estar en la lista de la esquina.

La relación de Magdalena y Conrado fue mostrando signos de desgaste al poco tiempo de este haberse mudado a la casa, códigos que Mambo no supo ni entendería en ese momento porque eran cosas de grandes, de entre sábanas y de alcoba. No fue sino empezar a vivir juntos para que Conrado amainara la fogosidad que lo había caracterizado en los encuentros apurados de los moteles. Al principio Magdalena aceptó tímidamente la situación pensando que era normal que la comodidad de la cama regular hiciera que el hombre relajara sus funciones, pero a medida que pasaban los días y veía que no era solo el relajamiento sino que en menos de tres meses llegó a la apatía total, al punto de que ella lo buscaba en sus solitarias noches y él la despreciaba secamente, haciéndose el dormido o llegando incluso a inventarse dolores, así que lo enfrentó tajante, Vea, Conrado, dígame cómo es la cosa, ¿yo ya no le gusto o qué?, ¿esta buscadera mía está muy maluca o qué es lo que pasa pues?, pero a mí no me tenga como una perra en celo durmiendo con un muerto, que desde que usted se vino a vivir aquí no me ha puesto un dedo encima y las poquísimas veces que lo hizo fue de afán y mal. El Conrado soberbio pero dulce y caballeroso que ella había conocido empezó a mostrar el verdadero filo de sus uñas con la respuesta que le dio, Vea esta tan arrecha, ¿cómo así, mija?, ¿es que yo acaso vine fue a qué?, ¿a darle clavo a diestra y siniestra?, si está tan urgida métase una mano, pero a mí déjeme en paz, además no ve que yo también tengo mis problemas, las cosas están muy jodidas y esas tierras me tienen desgastado y usted jodiendo, no, coma mierda. Magdalena, que era una mujer tranquila y odiaba los problemas y la violencia, dejó pasar el agravio aunque sintió que el hombre que había metido a su casa no era el mismo que la había conquistado con flores y regalitos, y se acordó de las preguntas que su hijo le había hecho la víspera de la mudanza. Una mujer llega a tolerar maltratos y abusos si al menos su hombre recompone los desarreglos en la cama, pero cuando el macho no responde en la intimidad y además es un bellaco en todos los otros ámbitos, la mujer termina por explotar por calmada que sea y Magdalena era una mujer. Las cosas en vez de mejorar iban empeorando cada vez más y Mambo no se daba cuenta porque siempre estaba en la calle y llegaba después de la tormenta hogareña, o porque su mamá toleraba callada a su zafio marido y sus descalabros cuando el hijo estaba en la casa para evitar un mal momento, sintiéndose algo culpable por la clase de roedor que había traído a sus vidas: un vividor imperturbable que no hacía

nada distinto de esperar unas tierras que a la final resultaron ser una triquiñuela con la que entre él y el abogado
pensaban raparle a una familiar y que se les estaba cayendo el negocio por lo sucio que era, un borracho consuetudinario y agresivo que al menor descuido de ella le
esculcaba el bolso para sacarle con qué beber, y cuando
no encontraba se ponía furioso y la emprendía contra ella
cuando estaba en casa o contra la casa cuando estaba solo,
pues fueron muchas las veces en que las vecinas escucharon o vieron al hombre maldiciendo solo en el patio y
dándole patadas a las paredes. Extrañamente con el único
que no se metió nunca fue con Mambo, era poco lo que
hablaban, y aunque a Magdalena sí le ponía quejas sobre
el comportamiento del muchacho, a él nunca llegó a en-
frentarlo, vivían como dos sombras en una casa inmensa
para dos desprecios. En este ambiente se iba dando la
convivencia entre estas tres personas hasta que llegó la
explosión definitiva y definitoria. Mambo no había amanecido en su casa porque se había quedado en la mía jugando Tío Rico con mi hermanito y conmigo, pues era la
época en que hacía cualquier cosa con tal de no irse para
la casa, y como todos estudiábamos en el mismo colegio,
él trajo el morral y el uniforme a mi casa esa noche y juntos madrugaríamos para ir a estudiar. Conrado tampoco
amaneció en la casa ya que con la disculpa de ir a ver cómo
iban las cosas de sus tierras, como él las llamaba, se había
marchado desde temprano para encontrarse con una gente, que resultó ser una putica que mantenía encaletada en
un bar de Lovaina a donde llegó después de empeñar una
cadena de oro que le había robado a Magdalena. Allí pasó
la noche bebiendo y pichando, y arribó a su casa como un
tonel de beodo casi a las seis de la mañana, cuando Mag-

dalena se estaba arreglando para irse a trabajar: estaba traspasado de alcohol y con media botella de guaro empezada en el bolsillo de atrás. Al llegar se encontró a su mujer que zumbaba de ira pero que no le dijo nada, y él se sentó en la cocina, que es el lugar de la casa en donde todo ocurre en estos barrios: ahí se reciben las visitas, se hacen las reuniones familiares, se habla de las noticias importantes, se hacen negocios y se dirimen las reyertas. Al sentarse llamó a Magdalena, Mija, venga que le voy a decir una cosita, ella se asomó diciéndole desde la puerta A ver qué otra mentira me va a decir, que lo de las tierras ya está a punto de salir, que eso está de un pelo, como me dijo la otra vez que se quedó amaneciendo donde las putas. Conrado entendió el sarcasmo y su carácter altanero y brutal ahora potencializado por el alcohol se empezó a manifestar, Vea pues a esta, ¿es que no me puedo pues tomar unos traguitos con unos amigos para celebrar el negocio o qué?, porque para vos todos mis amigos son putas, y ¿qué es esa forma de responderle al marido cuando viene a darle una buena noticia? Magdalena explotó, Vea, Conrado, le dijo gritando, no sea descarado, hijueputa, ¿cuál negocio si usted lo único que hace es robarme para irse a beber, y cuáles amigos?, ¿usted cree que yo no sé que usted tiene una moza en Lovaina a la que le lleva lo que me quita a mí?, vaya y putee si le da la gana, pero no con mi plata y con mis cosas, ¿qué hizo con la cadena que tenía en el cofrecito del clóset?, ¿fue y se la regaló a esa zorra hijueputa? La sola mención de la amante hizo que Conrado se levantara como picado por una avispa, ¿Cuál cadena y cuál moza? Home, malparida, ¿me estás diciendo ladrón o qué? Revísele más bien los bolsillos a ese hijo suyo que vive en la calle es soplando. Magdalena toleraba resignada las amantes, el alcohol, los insultos, el mal sexo, pero que difamara a Hamiltong era la gota que derramaba el vaso, abandonó el espejo en donde se estaba maquillando, tomó el pocillo con café que tenía sobre la mesa y se lo arrojó a Conrado con todas sus fuerzas, conectándoselo en el lado izquierdo de la cabeza. Este, que aunque borracho, grosero, ruin y miserable nunca le había pegado a ella, sintió el impacto y embrutecido más aún por la rabia mezclada con dolor y el alcohol, se le abalanzó a la mujer y le dio una cachetada que le cruzó la mejilla, ella se defendió con patadas de taconazos, arañazos y golpes de toda suerte, y en pocos momentos hirvió el infierno y la pelea solo fue: los golpes se confundían, los cuerpos rodaron por el piso, se volvieron a levantar, se arrojaban cosas, todo se embrollaba y como en toda contienda de verdad solo mandó el encono en aquel escenario. En un pliegue de la riña Conrado tomó a Magdalena del pelo y la lanzó contra el poyo de la cocina, y esta se dio un mal golpe en la cabeza y perdió el conocimiento, pero la ira cuando se desata no conoce límite y el hombre, pese a ver que la mujer no se movía, se le fue encima y asiéndola por el cuello desde atrás le estalló la cabeza contra el suelo de los muchos golpes que le propinó y solo la soltó al ver que lo que tenía entre sus manos era una masa sanguinolenta, flácida y amorfa. Conrado, completamente salido de sí pero sin miedo, contempló por primera vez el desastre en que estaba inmerso, vio la casa destruida, el baño de sangre en su ropa y sus manos y su mujer irremediablemente muerta, y pensó con su mente abotagada de licor, trasnocho y rabia cómo remediar el desastre y creyó que el cuchillo de carnicería era la solución a su problema. Después limpiaría la casa y pensaría cómo justificar el resto, pero lo urgente era deshacerse del cuerpo de su mujer, así que tomó el cadáver y lo condujo al patio, en donde se dio a la tarea de destazarlo como a una res, y en esas estaba cuando la Policía llamó a su puerta.

Los cuatro años y medio desde la muerte de la madre hasta la llegada de la mayoría de edad de Mambo pasaron ansiosos y trepidantes en medio de una guerra total del cartel contra el Estado, en la cual los Riscos desempeñaron un papel determinante como agentes y brazo armado de esta organización, fueron ellos los responsables del asesinato de incontables policías, de la explosión de carros bomba en diferentes ciudades y de algunos de los más sonados magnicidios que recuerde el país. Durante este tiempo Mambo afianzó su nombre como uno de los soldados más dinámicos, dispuestos y de mayor confianza, su crecimiento dentro del combo se dio en proporción directa a su odio contra su padrastro. La gente fue olvidando de a poco lo sucedido pero él no, al día siguiente de cumplir los dieciocho años pidió una cita para hablar en persona con Reinaldo Risco, que ya no vivía en el barrio, y en ella le comunicó Bueno, patrón, yo le he cumplido bien durante este tiempo, pero llegó el momento de hacerme encanar para tachar el pendiente que usted sabe que tengo, así que vengo a comunicárselo y a despedirme. Reinaldo, que sabía que este día llegaría tarde o temprano, le respondió Vea, mijo, usted ha sido un buen camellador y yo le agradezco y lo respeto por eso, ya le estuve gestionando para que no le metan mucho y caiga al patio donde está esa lacra, que es el patio dos, allá también están Titi y Cayo, que ya saben que usted va y a lo que va, y le van a ayudar en lo que sea, mijo, buena suerte y ya sabe que cuando salga, esta es su casa, cuente con eso. La despedida fue cordial y Mambo salió de allí resuelto a cumplir su destino, un propósito que él mismo se había impuesto y que tras esperar más de cuatro años había llegado la hora de cumplir: tomó un taxi y se bajó en uno de los barrios de ricos de la ciudad e intentó robarse el primer carro que vio vacío. Nunca se ha visto un atraco tan chambón y desganado: le rompió el vidrio con una piedra, abrió la puerta y se sentó en el auto dejando que sonara la alarma con toda su bulla a esperar a que llegara la Policía de un centro de servicio que quedaba a una calle. Fue detenido sin problemas y conducido a la estación, en donde aguardó seis días por los trámites que lo conducirían a la cárcel de Bellavista, a la que ingresó con dieciocho años y siete días, y fue recluido en el patio dos gracias a las gestiones de los Riscos. A su llegada fue recibido con todo el respeto por los muchachos de los Riscos que él recordaba vagamente porque estaban confinados hacía mucho tiempo, cuando Mambo aún era Hamiltong y no había ocurrido aún nada siniestro en su vida. Ya le tenían ubicado al sujeto de su interés y le proporcionaron las armas, pero no lo dejaron ver de Conrado para que este no se fuera a prevenir y pidiera un traslado de patio: estuvo escondido en una celda alejada durante dos días y hasta allí le llevaban la comida y lo que necesitara mientras él planeaba cómo iba a ser el ataque. Llegaron a la conclusión de que lo mejor sería hacerlo en el baño: los muchachos controlarían que nadie entrara y así él tendría tiempo suficiente para reclamar con creces lo que venía a cobrar, y así se hizo. A las nueve de la mañana de un martes cualquiera, Conrado, que hasta ese momento había llevado una vida tranquila y hasta cordial en la cárcel con un comportamiento ejemplar, se levantó en su celda y se dirigió al baño como todas las mañanas, notó que las duchas estaban vacías pero no se extrañó demasiado porque era un día frío y muchos presos no se bañaban en los días así, se quitó toda la ropa, quedándose solo en calzoncillos, y cuando se disponía a abrir la ducha oyó a su espalda una voz que le decía Así te quería ver, hijueputa, y al darse la vuelta vio a Mambo de pie con un cuchillo de carnicero de veinte pulgadas en la mano. Se demoró para reconocerlo, ya no era el muchachito que dejó huérfano hacía cinco años sino todo un hombre, con los ojos inyectados de furia y, más que un hombre, ya era un asesino, solo atinó a decirle Hamiltong, mijo, no me mate, vea que lo de su mamá fue un accidente, yo a ella la quería mucho y a usted también. Mambo le lanzó una primera cuchillada a la cara que por poco le saca el ojo izquierdo, la sangre brotó profusa y los gritos de dolor de Conrado alertaron a los internos, que contenidos por los muchachos aguardaban afuera del baño. De continuar así no tardarían nada en darse cuenta los guardianes, por eso Cayo y Titi dejaron encargado a alguno de la puerta y entraron para taparle le boca al herido, que ahora arrodillado le pedía perdón a su verdugo. Los muchachos le metieron en la boca a Conrado unas medias sucias y se las aseguraron con cinta pegante y después lo tomaron por los brazos y lo levantaron, Mambo sacó del bolsillo unas tenazas y ya cubiertos de la bulla se aplicó con sevicia al cuerpo del asesino de su madre: le arrancó primero los dedos de la mano derecha uno a uno con cuidado de relojero, después pasó a los de la otra mano, y los iba tirando al sanitario, y cada vez que estaba muy lleno de pedazos lo iba vaciando, pasó a los dedos de los pies y fue subiendo. A veces se encontraba con un hueso y entonces tenía que recurrir a una segueta, pero lo fue destazando poco a poco en una operación que demoró alrededor de dos horas y que impresionó profundamente a dos asesinos consumados como Cayo y Titi. Este último no aguantó y abandonó el baño en medio de arcadas cuando Mambo iba por el antebrazo izquierdo y Conrado no era más que un guiñapo sanguinolento que si no estaba ya muerto le faltaba poco para morir desangrado y no representaba peligro alguno para nadie. Una vez hubo terminado, Mambo se quitó la ropa, la arrojó por el excusado, se lavó bien todo el cuerpo y salió del baño en completo silencio dejando de Conrado solo el tronco con la cabeza separada al lado derecho. Las autoridades del penal encontraron los restos a las tres horas y se armó un revuelo de padre y señor mío en la cárcel, hubo requisas, prohibiciones y castigos de todo tipo, pero no pudieron dar con los responsables. Y a pesar de haber sido uno de los asesinatos más horrorosos en la historia de la cárcel, nadie indagó demasiado y en poco tiempo la vida en el presidio volvió a su normalidad anodina e iterativa. Mambo estuvo preso durante dos años, un mes y dieciocho días, siendo un modelo de comportamiento en el penal. Durante ese periodo de tiempo asesinaron a los hermanos Risco y a su vuelta al barrio las cosas habían cambiado.

6
Los Riscos

A los Riscos los conocí, lo que se dice conocer, es decir, ser presentado a ellos por mi hermano y que ellos me reconocieran, ya viejos y patrones, y solo alcancé a tratarlos de lejos y poco tiempo, porque ambos fueron asesinados el mismo día a escasos meses de la presentación. Pero desde niño su figura e imponencia marcaron cada uno de los días en la cuadra, eran una especie de caudillos que presidían cualquier evento, desde un matrimonio hasta una entrega de trofeos en un torneo de fútbol callejero, ellos eran los primeros en ser invitados y en recibir atenciones de toda la gente, desde los comerciantes hasta el cura, y su influencia e importancia en el barrio fueron tales que los relatos sobre ellos y sus hazañas sobrevivieron a su deceso en boca de todos los vecinos y me permitieron reconstruir la historia de su ascenso al poder.

Los dos hijos mayores, David Reinaldo y Amado Alberto, se llevaban escasamente un año de diferencia y ambos eran los cabezales de una familia de clase baja que había emigrado a Medellín por el exceso de violencia en el pueblo de San Rafael, de donde eran oriundos los padres. Los dos nacieron en la ciudad porque sus padres al casarse decidieron abandonar su terruño y venir a probar suerte a la capital, y así fue como arribaron al barrio Aranjuez en una época en que este barrio apenas se estaba construyendo y conservaba mucho de pueblo en su topografía y costumbres, eran una estirpe numerosa como la mayoría de familias de la época, a estos dos mayores les seguían Amelia, Belinda, Conrado, Santiago, Luisa, Laura y Ana María, todos muy pobres pero alegres, trabajadores y temerosos de Dios. Llegaron a este barrio porque antes que ellos un hermano de doña Teresa, la madre, se había instalado aquí y les había dicho que era un lugar tranquilo, como en efecto lo era, no muy alejado del centro de la ciudad y con posibilidades de trabajo en la extracción de arena en el río Medellín, por eso no llegaron del todo como extraños al barrio, sino que tuvieron quién los recibiera y les diera albergue mientras se instalaban, al fin y al cabo eran una pareja sola de recién casados. La estadía en casa del cuñado duró poco tiempo porque don José Reinaldo a los tres días de llegar a la ciudad ya estaba con el agua hasta las rodillas y la pala en la mano sacando arena del río para vender, y con lo obtenido en ese primer mes de trabajo alquiló una piecita en la cuadra, a donde se trasladó con su mujer y de la cual sería finalmente el propietario después de muchos años de trabajo y ahorro sin tregua. Ahí nacerían sus nueve hijos y ahí los levantaría y permanecerían hasta que los dos mayores, convertidos en líderes de una banda de sicarios, secuestradores y ladrones al servicio del cartel, les compraron una mansión en un barrio de ricos y los obligaron a trasladarse a ella entre reproches de la mamá y putazos del papá por el trasteo. A la instalación de don José Reinaldo y doña Teresa en la cuadra le siguieron la de otros familiares, hermanos, primos y sobrinos que traían o tuvieron en la cuadra a su prole, dado lo cual en pocos años el sitio estaba habitado casi en su totalidad por un inmenso clan familiar, de ahí que el combo de Los Riscos no fue como otros combos de la ciudad que necesitaron irse formando, este ya estaba formado de antemano por los mismos miembros del linaje de los cuales Reinaldo, por ser el mayor y el más vivo, fue siempre su líder natural. El combo se iría a completar con los amiguitos de infancia que también por reflejo obedecían y veneraban a Reinaldo con devoción de apóstoles, eso se notó desde que empezaron sus andanzas y pilatunas en la calle a los seis años. En estos barrios pobres la calle es el sitio en donde se pasa la mayor parte de tiempo en la infancia, a falta de guarderías y jardines infantiles, la calle suplía con ardor la sed de aprendizaje y aventura propia de la edad, es en ella donde uno descubre las cosas esenciales para la existencia, la amistad a toda prueba, el amor correspondido, el desamor doloroso y sobre todo la viveza y la malicia para enfrentar la ruda cotidianidad, es ahí donde se crean los códigos que se han de seguir el resto de los días y donde se le endurece a uno el cuero para resistir los embates de la suerte y combatir o crear el propio destino. A los diez meses de la instalación de don José Reinaldo y doña Teresa en el barrio nació su primer hijo, al que bautizaron David Reinaldo, fue un parto normal que dio como resultado a un niño sano, grande y rechoncho, y a los once meses exactos nació el segundo llamado Amado Alberto, también de manera natural y bien constituido, por lo cual estos dos hermanos de prácticamente la misma edad se criaron al tiempo casi como gemelos, además de que a medida que iban creciendo iba incrementándose su parecido físico al punto de que para la edad de diez años eran prácticamente indistinguibles. Pero a pesar de su semejanza física, desde la infancia se notó una marcada diferencia en su carácter, al punto de que llegaron a ser antagónicos en algunos momentos álgidos de sus vidas y carreras: mientras que Reinaldo demostraba una inteligencia a toda prueba, que se manifestaba en la creatividad y desenvolvimiento con que afrontaba cada cosa, desde los deberes de la escuela hasta las funciones hogareñas, el otro, Amado, era rematadamente bruto y violento, y ante la imposibilidad de esgrimir argumentos en sus discusiones en la escuela siempre recurría a los puñetazos, por lo cual fue expulsado a los doce años después de repetir los grados tercero y cuarto por malas calificaciones y una pésima disciplina, dando fin así a su preparación académica e inicio a una vida laboral como arenero al lado de su padre, que duraría apenas unos meses, hasta que empezó su trepidante recorrido criminal de la mano de su hermano mayor. Además tenía serios problemas de ira que lo hacían presa de unas "rabiamalas" ante el menor estímulo: realmente se enloquecía y en su impotencia de destruir el contorno se daba cabezazos contra las paredes o se mordía los reveses de las manos hasta que sangraba; por estos ataques desde muy joven se ganó el sobrenombre de Manicomio, que lo acompañaría toda su vida y que acabaría de solventar y mantener cuando después de un ataque de ira en que llegó a atacar a sus propios parientes fue recluido en el hospital psiquiátrico durante cuatro meses.

La llegada de los hermanos al crimen se dio casi naturalmente y a muy corta edad, doce y once años respectivamente, y consistió en el robo y posterior venta de una máquina de escribir de la escuela donde estudiaban. Reinaldo había observado que la secretaria de la escuela salía a almorzar a las doce del mediodía y dejaba abierta y sin custodia la oficina con la máquina de escribir, y regresaba faltando un cuarto para la una de la tarde, antes de la salida de los estudiantes, lo que le daba un margen de cuarenta y cinco minutos para realizar el ilícito. Pero tenía un problema y era que durante ese tiempo estaban en clase y no se podían ausentar sin levantar sospechas, por eso se ingenió un plan que consistía en fingir un ataque de epilepsia de su hermano a las doce del día, lo que lo conduciría inmediatamente a la enfermería que quedaba contigua a la oficina de la secretaria, donde después de unos minutos y por estar tan cerca la hora de salida no llamarían a sus padres sino que lo mandarían llamar a él para que lo acompañara a la casa, y así cuando llegara a la enfermería su hermano fingiría una réplica del ataque y en la confusión él se las arreglaría para en el menor descuido rapar la máquina y meterla en la maleta, después tomaría a su hermano, que se haría el mareado y en su pesadez postataque descargaría todo el peso de su cuerpo en el hombro sobre el que Reinaldo tendría el morral, disimulando con esto el peso del artefacto y evitando la requisa de las maletas que hacía el portero a la salida de la escuela. El proyecto se desarrolló a pedir de boca y todo resultó como se lo habían imaginado, a la vuelta de la escuela y ya libres del fingimiento desembolsaron entre risas el botín, decidiendo que lo mejor sería empeñar la máquina y no venderla porque la venta implicaba explicaciones incómodas sobre cómo la habían adquirido, así que se dirigieron a la prendería del parque de Aranjuez y allí conocieron a un personaje que sería determinante en este, su nuevo y próspero oficio. Se llamaba Manuel pero todo el mundo lo conocía como Paco, que era el dueño de la prendería y un embaucador de mil demonios, y que apenas vio a los dos niños con una máquina de escribir prácticamente nueva y con semejante apuro por empeñarla entendió lo que había ocurrido y tratando de sacar ventaja les dijo Vea, muchachos, para poder tomar esa prenda por dinero necesitan tener cédula para respaldar el canje, entonces vayan y le dicen a su papá que venga él a empeñarla, o si es mucho el afán, aquí entre nosotros, yo se las puedo comprar y no le decimos a nadie nada. Los noveles ladrones no tuvieron más opción que aceptar el acuerdo con las condiciones desventajosas que el otro les proponía, pero encontraron algo mejor que el dinero en esta primera transacción y fue al auspiciador, alcahueta y comprador para posteriores trabajos, porque el trato se cerró con la propuesta de Paco al decirles A ver, muchachos, si ustedes tienen la verraquera para seguir consiguiendo cositas como esta, vienen donde mí y yo se las compro sin decirle a nadie y sin preguntar nada, solo entre ustedes y yo. Reinaldo fue el que habló para responderle Listo, don Paco, cuente con eso, que por aquí nos vamos a seguir viendo, y salieron de allí más contentos por el contacto que por el mismo dinero, el cual repartieron por mitades. La maquinaria había echado a andar. Con el dinero obtenido hicieron un exiguo mercado que a ellos, acostumbrados a la pobreza y la escasez de vivir al día, de solo conseguir para ir tirando, que el día que no se trabaja no se come, les pareció ubérrimo, con él llegaron a la casa y se lo entregaron a la mamá esgrimiendo que lo habían ganado en un concurso de la escuela patrocinado por la tienda del barrio. Pero mamá es mamá y ella no se tragó ese cuento, al otro día hizo averiguaciones puntuales en el plantel educativo y se cercioró de que no había habido ningún concurso, ni nada por el estilo, por lo que esperó a que los hijos llegaran de estudiar y los encaró reclamándoles Vea, sinvergüenzas, ustedes ya mismo me dicen de dónde fue que sacaron ese mercado, que yo ya sé que no fue de la escuela ni nada de eso, entonces hablando pues, mijiticos. Reinaldo, sabedor de la cueriza que presagiaba la correa en la mano de su madre, decidió afrontar su destino y le respondió Mamá, ese mercado lo compramos con una plata que Amado y yo nos encontramos saliendo de la escuela en un bolso que había tirado en la calle, pero no le dijimos nada porque usted seguro nos obligaba a devolverla y aquí con harta necesidad preferimos comprar las cosas y traérselas. Doña Leticia sabía que sus hijos mentían, y tomando a Amado de un brazo mientras le descargaba la correa en las piernas con todas sus fuerzas les fue gritando ¡Claro!, como la gente va botando bolsos así como así en la calle, la creen a una boba, quién sabe a quién le robarían ese dichoso bolso, pero esperen y verán que yo me voy a dar cuenta, y ahí sí se va a poner la cosa maluca, esperen que venga su papá y le cuente, que con él sí no es charlando, vea en qué problema lo meten a uno, ¡ahora de dónde va a sacar su taita esa plata para reponérsela al dueño! Amado logró zafársele del brazo y corrió a la calle, pero Reinaldo esperó al lado de su madre y aceptó la tunda con dignidad y decoro: fueron catorce correazos que le dejaron las vetas marcadas en las piernas y que pese al dolor intenso que le produjeron, se obligó a no soltar una sola lágrima. Terminada la reprimenda salió sobándose las piernas a encontrarse con su hermano en la calle, y allí se toparon también con un primo llamado Eneas y con un amigo llamado Óscar, a quien posteriormente conocerían en todo el barrio como la Piraña porque parecía un pescado, y los cuatro se fueron a terminar de gastarse el dinero del robo de la máquina en la panadería de don Marcos, donde en medio de una comilona de roca pasteles y bolis los hermanos les contaron a sus amigos cómo habían hurtado a la escuela y los posteriores sucesos. Deslumbraron tanto a sus compinches que fue solo cuestión de días ver a los cuatro planeando un nuevo robo, pero esta vez de algo más importante, como el bolso de una profesora de la escuela el día de pago. El atraco fue diseñado por Reinaldo y ejecutado sin levantar sospechas por los cuatro, que repartieron el dinero por partes iguales, y al ver la suerte y los réditos que apercibían con este oficio siguieron ejerciéndolo durante un tiempo, hasta que la madre inquieta volvió a aparecer, pero las condiciones habían cambiado para todos. Los muchachos, más escaldados por la pela del día de la máquina, no se iban a dejar sorprender con dineros u objetos hurtados, además que ya, sobre todo en Reinaldo, se notaba una suerte de madurez o, mejor, una especie de lucidez dada por el crimen, algo como una tensa calma que demostraba en sus movimientos y ademanes, y su madre también había no aceptado, pero sí tolerado que sus hijos estaban creciendo y que se estaban abriendo su propio camino en la vida, y aunque afectada y todo por las sospechas de que sus retoños no andaban en cosas nobles y buenas, terminó por hacerse la de la vista gorda cuando los veía en la esquina vagando y en corrillo con sus amigos y parientes, y más disimulaba cuando ya sin mediar palabra dejaban bolsas de comida en la cocina de la casa, llegando incluso a ocultarle tales hallazgos a don José Reinaldo, que creía que su mujer hacía rendir próvidamente los escasos pesos que él conseguía sacando arena del río. Pero si bien la necesidad hizo que ella terminara aceptando las dádivas de sus hijos haciéndose la desentendida, no así su conciencia, al punto de llegar a decirle a sus vecinas y familiares, madres de los amigos y primos, que no dejaran juntar a sus hijos con los suyos, que Reinaldo y Amado no eran buena compañía, y aunque ella solo conocería la verdadera maldad de sus hijos cuando ya grandes empezaron a ser famosos y a aparecer en la prensa y la televisión como autores de siniestras masacres y el gobierno ofrecía grandiosas recompensas a quien brindara información que ayudara a capturarlos, desde esa época inicial su instinto de madre la hacía reconocer la perversidad que cubría como un manto las acciones de los frutos de su vientre. Pero no valieron las advertencias de doña Teresa a las otras madres ni los castigos infligidos por estas a sus hijos para que dejaran la esquina y la compañía de los Riscos, en poco menos de dos años el combo estaba conformado como tal y trabajando cada vez más en grande y en serio. De los primeros robos de cositas domésticas y salarios de trabajadores pasaron rápidamente, requeridos por don Paco, al robo de motos y automóviles: los primeros escamoteos los hicieron en los barrios de ricos de la ciudad y con fierros prestados por el mismo comprador, pero pronto Reinaldo le dijo a don Paco que le pagara con las armas lo hurtado, y así fue como se agenciaron las primeras herramientas para los delitos del combo, que a partir de ese momento tendrían unas condiciones diferentes de transacción. Con cada nuevo encargo se incrementaba el inventario de armas y crecía el patrimonio, lo que mantenía contentos a todos los muchachos y muy satisfecho a don Paco, que vio en este combo la oportunidad perfecta para desarrollar su actividad ilícita y expandir su negocio ilegal de forma insospechada. En poco tiempo llegó a ser el dueño del taller de partes de autos y motos robadas más grande de la localidad, y a pesar de que todo el mundo sabía de dónde salía la mercancía, en esta ciudad alcahueta, el delito ha sido siempre patrocinado más por las gentes que se dicen de bien que por los mismos delincuentes, quienes solo son la cara visible del crimen, pero bajo la superficie se mueven los verdaderos favorecedores de todas las fechorías, los que compran lo robado, los que mandan a matar, los que consumen lo ilegal, ahí está la verdadera cara de la sociedad que inculpa y sataniza al criminal pero tolera, disculpa e incluso ampara la infracción. Con la prosperidad de don Paco llegó también la envidia de sus otrora colegas en la ilegalidad, que no soportaron el monopolio y le echaron la Policía al taller, y este como pudo sobornó su libertad y logró salvar el pellejo. Después de una rápida pesquisa dio con el delator, en el mundo del hampa una felonía es el peor pecado y solo se purga con la muerte, y así fue como entró el asesinato a engrosar la lista de crímenes de los Riscos, pues fueron ellos los convocados por don Paco para garantizar el desquite contra el sapo. Este fue el primero de una infinita lista de muertos a manos del combo que los haría célebres en todo el país como el brazo armado y los asesinos a sueldo más temibles del cartel de Medellín durante casi dos décadas.

Hay personas que nacen para mandar, que no necesitan hacer ningún esfuerzo ni ejercer ningún tipo de violencia para conquistar la obediencia de los demás, quienes gustosos se transforman en sus subalternos, y una de estas personas fue Reinaldo, que desde su niñez las cosas que decía o proponía las cumplían los demás con celeridad y ánimo, y tenía tal autoridad y una viveza tan suave y discreta en sus maneras que las órdenes que daba no parecían tales. Si a esto le sumamos una notoria inteligencia, era casi inevitable que fuera el líder nato del combo en formación, pero su carácter también tenía un rasgo de soberbia que, aunque camuflado en su buen trato, no dejaba de emerger de cuando en cuando para hacerle prácticamente imposible obedecer a otra persona que no fuera él mismo o cumplir órdenes de alguien que él considerara inferior en agudeza y audacia, por eso la relación con las personas que le encomendaban trabajos o tareas siempre fue de iguales, de socios, pues nunca aceptó que alguien fuera su jefe. A menudo repetía Home, si me metí a esta vida fue para nunca tenerle que trabajar a nadie, para no tener un puto jefe que me esté mandando, ni un malparido horario que cumplirle a nadie. Esta fue la causa primordial para que la relación laboral con don Paco se empezara a resquebrajar, cuando este último, apurado y desesperado por la inminente quiebra a la que se estaba viendo abocado por el menoscabo del dinero con la pérdida del taller y el soborno, se negó a pagarle a Reinaldo por el asesinato del sapo, poniéndole plazos y entorpeciendo el desembolso con disculpas y justificaciones. El patrón, por una cuestión de amistad y solidaridad en los momentos malos, admitió en principio las prórrogas y apaciguó a sus trabajadores sacando plata de su propio peculio para solventar la deuda. A medida que pasaba el tiempo las excusas se hacían más absurdas y el dinero no aparecía, y la situación se habría podido manejar de alguna manera, pero don Paco cometió el error más costoso de su vida, no solo no retribuía lo adeudado a Reinaldo sino que ante la insistencia de este y la presión de sus otros acreedores le dijo casi ordenándole que tenía que robarse más carros y más motos para volver a parar el negocio y que los necesitaba para ya. Risco le dijo que ni él ni su combo trabajaban gratis, que sin billete no había trato, que le pagara primero lo que le debía y que después ahí sí hablaban, y don Paco vio en esta negativa desobediencia y creyendo que por haber sido el comprador de años de los robos del combo tenía poder de mando y que le debían sumisión, se montó en el papel de patrón e increpó a Reinaldo diciéndole Vea, rey, yo no le estoy pidiendo un favor, le estoy dando es una orden, necesito diez motos DT y tres carros para pasado mañana a más tardar, que ya los tengo vendidos, y la plata del chulo no se la voy a poder dar hasta después de que camellen mucho rato y nos paremos, no me acose, no sea cabrón, que si no fuera por mí, ustedes no serían nadie, un combito de gamines, ladroncitos y mariguaneros de esquina sin futuro, si son respetados hoy en día es por mí, así que no sea hijueputa y dígale a esos mariconcitos que usted tiene trabajando que quiubo pues, que es para ya que necesito ese encargo. Reinaldo escuchó en silencio la retahíla de improperios remascando cada palabra con el odio del verdugo que acaba de condenar a muerte a alguien, y pausadamente le contestó con ironía Listo, patrón, a más tardar para pasado mañana los tiene, me voy a preparar la vuelta, y salió con rumbo a la cuadra. Al llegar mandó a Amado que llamara a todo el combo, y una vez reunidos les informó la situación y les comunicó que para el otro día a las diez de la mañana don Paco tenía que estar muerto, por faltón y sobre todo por atrevido, que el trabajo lo iban a hacer la Piraña y Cake, que eran los menos conocidos, que se desplazaran en una moto y desde ahí le dispararan y que si se podía luego se bajaran de la moto y lo remataran. A las ocho y cuarenta y cinco de la mañana del siguiente día Manuel Arango alias don Paco fue impactado por doce tiros de 38 a la salida de su casa, quedando tendido en la acera en medio de un caudaloso charco de sangre y perdiendo la vida en el instante. Desde ese momento el combo de Los Riscos liderado por Reinaldo empezaba una carrera en solitario, sin mecenas ni auspiciadores, trabajando para el mejor postor en calidad de contratistas hasta que unos poquitos años después apareciera el único hombre al que Reinaldo respetó e incluso en algunos cuantos casos obedeció como patrono: el jefe máximo del cartel de Medellín.

Como en toda monarquía antigua o cualquier corporación moderna, el mando y la soberanía se ganan de diferentes formas: por herencia, por valentía, por la fuerza o por un golpe de Estado, no obstante lo menos difícil de llegar al poder es acceder a él, lo verdaderamente importante es mantenerlo y la forma más fácil de lograrlo es mantener el bienestar de los súbditos y de los trabajadores, esto evita cismas y desobediencias, y crea lealtades y observancias múltiples. Consciente como era Reinaldo de esta máxima del buen gerente, al otro día de ordenar el asesinato de don Paco se entregó por completo a la consecución de nuevos trabajos que mantuvieran ocupados y caletos a los muchachos a su cargo y a idear nuevas formas de obtener dinero, por lo que empezó creando un comité que manejaba la venta de droga, ya no solo de la cuadra sino de todo el barrio y de los barrios aledaños, de cada bareto o bazuco o gramo de perico que se vendiera en toda la comuna un porcentaje tenía que ser para el combo de Los Riscos, y también adjudicó una especie de concesión que tenía un costo en metálico para todo aquel que quisiera hacer algún negocio turbio, siempre tenían que pagar una parte por el permiso. Así se fue solventando durante algún tiempo, y aunque no fueron pocos los que se sintieron estafados y quisieron hacerle frente, ya el combo estaba tan bien cimentado y contaba con tantos miembros y con un arsenal tan fuerte que más se demoraban en exponer la inconformidad que en aparecer muertos en alguna esquina del barrio, así que en poco tiempo tuvo controlado todo el sector nororiental de la ciudad: no se movía una hoja de un árbol de la ilegalidad sin que Reinaldo diera permiso y sin que cobrara por eso, a lo que había que sumar los cuantiosos robos puntuales que realizaban él y sus muchachos, lo que llevó a que en menos de dos años el apellido Risco y el combo epónimo al que se le hizo extensivo conquistaran nombradía en el mundo del hampa de toda la urbe, como eficaces y duros en el crimen. Esta fama llegó a los oídos de las altas cumbres del delito y del poder económico en la ciudad, el cartel, que para ese momento estaba teniendo sus primeros encontronazos con el Estado, y fijaron sus ojos en los temerarios Riscos por su valentía y arrojo, creyéndolos un grupo óptimo, operable y muy útil para la guerra que su jefe máximo veía avecinarse, y ahí fue cuando mandó buscar a Reinaldo para hacerle una propuesta irrechazable que cambiaría para siempre los designios y empresas del combo y, con estos, la vida en la cuadra. La relación entre estos dos jefes no se planteó en principio de la mejor manera ya que el jefe supremo del cartel era un hombre acostumbrado a someter, a que sus palabras eran ley, a que todos sus deseos eran órdenes y se cumplían aun antes de emitirlas, a nunca ser cuestionado y, sobre todo y más importante, a nunca ser desobedecido, pero Reinaldo no era un hombre de obediencias y mansedumbres, por eso el primer contacto fue un total desencuentro que por poco termina en la extinción general del combo Los Riscos. El acercamiento lo hizo un antiguo compañero de colegio de Reinaldo llamado Carlos Zárate, al que todo el mundo conocía desde niño como la Joya, que para la época llevaba trabajando algún tiempo para el cartel y se había transformado en uno de los lugartenientes más confiables del jefe. Si bien había nacido y sido criado en el barrio como todos los del combo de Reinaldo, su llegada al crimen se dio por vías distintas a las de los Riscos, por lo que seguían conservando una cordial amistad y un respeto mutuo, que fue la garantía para que Reinaldo accediera a una primera reunión en la que se plantearon los requerimientos y las demandas que el jefe máximo quería del combo: los necesitaba para que fueran los matones, sicarios y secuestradores de ínclitos personajes de la vida pública y política del país, y dependiendo de la importancia y el palmarés de la víctima y de lo riesgoso del trabajo se acordaría el pago, que sería inmediato y en efectivo. Reinaldo entendió al instante lo desventajoso del asunto y razonó que ellos serían la carne de cañón que el cartel le pondría al Estado, en una guerra inédita y soberbia con la que disimularían y exagerarían la peligrosidad en la ciudad para desviar la atención de lo verdaderamente importante, que era el dinero que se estaba moviendo por el tráfico de drogas y que era la verdadera aspiración del jefe de Los Riscos, que quería a como diera lugar participar en ese negocio, comprendió que lo que le estaban proponiendo era simplemente ser los esbirros del cartel, que harían el trabajo sucio a cambio de moneditas, y así se lo hizo saber a la Joya. Vea, Carlitos, yo entiendo a qué está jugando su patrón y respeto las decisiones que quiera tomar, y mis muchachos y yo somos capaces de hacer lo que ustedes quieren y sabemos cómo hacerlo y muy bien hecho, pero no soy tan güevón de poner a toda mi gente a trabajar matando, secuestrando y haciendo cuanta maricada quieran para que todos se forren en billete, mientras nosotros solo vamos a ganar un sueldo todo chichipato que no nos va a alcanzar ni para pagar los entierros de todos los muertos que vamos a poner, porque usted lo sabe, lo que se va a venir es una guerra la hijueputa y lo que vamos a necesitar es gente y sobre todo matones que maten, pero que también se van a morir en un güevazo y eso por dos pesos no se consigue, así que Carlitos, si ustedes quieren a mi combo hablemos de plata en serio y de lo que están haciendo con la droga, dígale a su jefe que si yo voy como socio en esa vuelta que cuente con un combo que es pa las que sea y que no se le arruga a nada, pero que aquí en este barrio solo hay un patrón que soy yo y que si quiere camellamos de socios y todo bien, o que si no que se busque un combo de sacoleros y gamines y los ponga a trabajar. La Joya no salía del asombro al escuchar estas palabras, y apelando a la amistad le dijo Ve, home, rey, recapacitá, home, parcero, cómo le voy a decir yo eso al jefe, pillá que es una oportunidad del putas, es entrar en las grandes ligas, si le trabajás bien ahí vas a tener mucho boleo y los pelaos también, de qué te sirve ser el duro de un combo si los mantenés al día, que si no roban no hay plata, con esto siempre vas a tener trabajo y plata, home. El otro le contestó Vea, Carlos, no me lo tome a mal, que usted sabe que yo siempre lo he respetado y le llevo la buena, pero ni yo ni mis muchachos le trabajamos a nadie, por eso escogimos esta vida, si estamos trabajando por lo de nosotros le metemos el alma y asumimos los riesgos y los muertos, pero yo no voy a dejar que a mí o a los míos les pase nada por lo que es de otros y que nunca nos va a tocar, yo no sirvo para eso, hermano, así que dígale a su jefe lo que le dije, ¿y sabe qué?, es más, mi viejo, y no lo tome personal, pero dígale también que yo no vuelvo a hablar de esas vueltas con subalternos, ni mandaderos, que si él quiere que camellemos juntos que venga y me lo proponga, que ya sabe dónde me mantengo y que siempre lo voy a estar esperando, que si es por la buena, todo bien y que si es a bala también estamos preparados. La Joya hizo caso omiso de esta última advertencia y esquivando el tema con una chanza y una sonrisa se despidió de Reinaldo con la misma cordialidad que había rodeado todos sus encuentros. Aunque no eran del mismo combo, la Joya, no sabía bien por qué, sentía una especial simpatía por ese muchacho que con escasos diecinueve años ya mandaba un combo como un viejo bragado en las calles y tenía la valentía y las güevas de desafiar al jefe de jefes del cartel, por esa estima y propensión que sentía fue que decidió suavizar las palabras con las que iba a transmitir el mensaje a su superior. Le dijo que Reinaldo se sentía honrado de haber sido tenido en cuenta por alguien tan importante, pero que él no contaba en el momento con un combo tan grande ni con las armas suficientes para acometer tales tareas y que lo que menos quería era defraudarlo, entonces que por el momento se iba a dedicar primero a resolver los asuntos prioritarios de la comida y de hacerse un nombre respetable en el mundo del hampa antes de intentar siquiera proyectos de semejante envergadura, que por lo pronto iba a seguir en el ámbito del pequeño robo y el bajo perfil que lo mantenía a salvo a él y su gente de persecuciones y cacerías de la Policía y el Estado. El jefe, que se había convertido en tal por ser desconfiado y astuto como un zorro, dejó a su delegado terminar la historia pero no creyó ni una palabra, sabía, porque él mismo había sido así al principio, que un delincuente en ascenso jamás despreciaría una promoción como la que él le estaba presentando, a menos que sus aspiraciones fueran tan superiores que se sintiera incómodo de tener que obedecer, porque se consideraba que solo él podría mandar, y lo que otro cualquiera podría percibir como una oportunidad exclusiva y trascendente, él lo percibiría como una afrenta, así que lo que en principio le pareció un desplante imperdonable que debería ser castigado con la muerte, a medida que lo pensaba más y mejor le iba encontrando puntos buenos y provechosos al carácter y la actitud de Risco, y sobre todo se iba identificando con el joven que le recordaba su propio talante frente a la vida de hace unos años, por lo cual, pese a los pronósticos de la Joya y sus otros colaboradores, que ya se estaban preparando para una segura masacre contra Los Riscos en el barrio, el patrón decidió visitar a Reinaldo en su fortín de la cuadra. Llegó discretamente un domingo cualquiera de mayo, como a las cuatro de la tarde, conduciendo un Renault 12 taxi y escoltado únicamente por dos guardaespaldas, la Joya y otro joven apodado Brutus. Así era como acostumbraba movilizarse últimamente para no levantar sospechas y pasar desapercibido en una ciudad que cada vez le pertenecía más y en la cual era el desconocido más famoso de todos los tiempos, todo el mundo sabía quién era, en todo momento se hablaba de él y sus fechorías, pero casi nadie lo conocía personalmente, lo que lo mantuvo a salvo durante mucho tiempo, y gozó de poderse desplazar por todo el territorio sin demasiados recelos, amparado por su propia forma de ser, sencilla y humilde, pues a pesar del poder y los millones que tenía nunca se dejó seducir por la ostentación fácil y mostrenca en la que cayeron la mayoría de sus colegas y que a la final fue su perdición. Nadie esperaba semejante visita en la cuadra salvo Reinaldo, que sabía que sus palabras habían cautivado al jefe de jefes tanto o más que a la Joya, y que si el patrón había sabido comprenderlas tendría dos opciones: o ser atacado inmisericordemente o haber despertado al menos un poco de curiosidad en el hombre que tenía de rodillas a todo un país, así que cuando Amado entró presuroso a la casa que servía de oficina al parche y le comunicó que la Joya estaba afuera con un hombre robusto que cargaba una Prieto Beretta en la cintura a la vista de todo el mundo y con un muchacho flaco y que pedían hablar con él urgentemente, supo que el hombre de la pistola era el propio jefe y a qué venía. Se alegró pero no dejó traslucir su satisfacción, le dijo a su hermano que los dejara pasar, que les ofreciera lo que quisieran tomar y que luego los dejaran solos a él y al hombre robusto, y así se hizo. La reunión tardó una hora aproximadamente y nadie supo nunca qué cosas se dijeron, ni de qué manera, pero lo que sí recuerdan todos los que estuvieron presentes fue que a la salida los dos eran personas distintas y su trato poco menos que el de dos amigos de toda la vida, exhibían confianzas y afectos desconocidos en ambos, se tuteaban y charlaban como si de dos compinches se tratara, el jefe le decía a Reinaldo "rey" y lo más extraño de todo, este lo llamaba por el nombre. Con un gesto de la mano el jefe convocó a la Joya, que no cabía en la ropa de la estupefacción, y le dijo algo al oído; este fue hasta el carro y sacó del baúl dos maletas, una llena de dólares y la otra llena de armas y se las entregó a Reinaldo, que sonriendo le estrechó la mano al jefe para decirle Listo, entonces así quedamos. De esa reunión salieron la cabeza y el brazo de las incontables matanzas, secuestros y desmanes que sufriría esta ciudad durante algo más de una larga y nefanda década y que dejaría como saldo oscuro de destrucción una ciudad temerosa, desconfiada y en luto constante que dura hasta nuestros días. A este aciago encuentro le debemos que todas las familias de esta ciudad o por lo menos de este barrio hayan sido tocadas, así sea tangencialmente, por la muerte: algún pariente, algún conocido, algún amigo cayó bajo las balas o las bombas asesinas que se prefiguraron ese domingo de mayo en una humilde casa cercana a la esquina de un barrio popular y folclórico de esta igualmente folclórica y abatida ciudad. Ahí es que empieza verdaderamente la historia de Los Riscos, ahí es que dejan de ser un combo de malhechores y se transforman en una banda de asesinos, sicarios y secuestradores que no conocen límites, ahí es que crecen en tamaño y poder, ahí es que empieza a fluir el dinero a montones, y con este las tentaciones para todos los muchachos del barrio y particularmente de la cuadra, que ven cómo Los Riscos dilapidan y reparten carretadas de plata y ven en el combo la oportunidad de salir del barro y la mugre que traen consigo la pobreza, y Los Riscos encantados e interesados de tener a su disposición tantos aspirantes, pues era menester en este próspero quehacer mantener un creciente enjambre de muchachos dispuestos a hacer lo que fuera a cambio de billete y respeto, labores que con el paso de los días se hacían más copiosas y enrevesadas. En muy poco tiempo el combo pasó de ser el de los de la esquina a ser una nutrida banda de todo el barrio, con diferentes sedes y con un robusto personal de jóvenes que no pasaban de la pubertad en su mayoría, y paulatinamente el barrio se convirtió en un cuartel de un ejército de jóvenes al servicio del cartel en constante reclutamiento, y, como en todo regimiento, este presentaba también sus jerarquías. Antes, cuando solo eran ladrones y pillines, estaban Reinaldo y los demás, sin niveles ni escalafones, lo que conseguían se lo repartían en partes iguales y no había más, pero con la expansión y los rangos cambian los incentivos en dinero y los acicates en respeto y posición, y se crean también las aspiraciones de los más novatos por escalar posiciones, y así es como empiezan a ser más temerarios e irracionales en sus actuaciones, para sobresalir y ganarse la venia de los patrones, lo que les va a costar la vida a tantos incautos, protagónicos inexpertos, sin llegar a coronar siquiera su primer trabajo, con el que aspiraban subsanar las hambres más urgentes de sus familias, y ahora a los apuros hay que sumarles la tristeza que carcome y dura más que el hambre: padres que envejecen de golpe, que mueren a su vez con sus hijos pero en vida, que es tal vez la peor forma de muerte, que en medio de la desolación de la pérdida tienen que sacar la fuerza para ir a mendigarles a los que mandaron a una muerte fija a sus hijos para que les regalen con qué enterrarlo, porque ni para el cajón dejaron. La mayoría de estos entierros los pagó Reinaldo, le parecía que era lo correcto, lo que le correspondía hacer, pero luego del sepelio se olvidaba pronto de las familias, que como cómica ironía quedaban agradecidos por siempre con él por haberles ayudado.

El poder y la plata son una bola de nieve que una vez que empieza a crecer es muy difícil de detener porque envician más que el bazuco, las personas suelen creer que el poder y el dinero cambian a la gente, pero eso es falso, lo que hacen el poder y el dinero es que nos desenmascaran, nos ponen en evidencia con nosotros mismos, con nuestras propias miserias: no es que por ser rico y poderoso se volvió malo, malvado ya era, la fortuna y la posición lo que permiten es que opere con mayor soltura esa maldad y, lo más determinante, que se encubra, se justifique y casi siempre se indulte: a medida que los hermanos Risco colonizaban el éxito, tanto en dinero como en poder, se les iba insuflando su actuar malévolo. En Reinaldo se manifestaba en su capacidad bélica que crecía de un modo rotundo e insospechado hasta alcanzar alturas de terror, en determinado momento llegó a poseer un arsenal más propio de la Mossad o de la U.S. Army que de una banda de barrio, su fijación eran las armas y su pasatiempo, la destrucción. Fue el primero en importar fusiles de asalto G3 alemanes y Galiles israelíes desconocidos incluso para el Ejército nacional, y pagó entrenamiento para él y sus más allegados en manejo de explosivos con expertos traídos de Medio Oriente, por eso fue el encargado de los innumerables carros bomba que estalló el cartel en los momentos de mayor tensión y máximo acaloramiento de la guerra contra el Estado. Mientras que a su hermano Amado la situación le exacerbó una locura que hasta el momento había estado aplacada, toda vez que se montó en el caballo del poder, de ser el segundo al mando, dio inicio a una serie de actos tan terroríficos como desatinados: uno de ellos y tal vez el más espeluznante lo llamaba "la cacería", y consistía en montarse en una moto 500 trajeado con un gabán negro que encubría un changón en su costado izquierdo y una miniametralladora Atlanta 380 en el derecho y salir de noche a pasear su monomanía por las calles de los barrios colindantes para atacar aleatoriamente y sin ton ni son a cualquier grupo de personas que estuvieran apostadas en una esquina, o irrumpir en alguna casa de familia y aniquilar hasta al último ser vivo que se encontrara presente. Nunca convidó ni obligó a nadie a que lo secundara en estas correrías, era un placer que parecía disfrutar en soledad, luego aparecía en la cuadra más feliz que nunca y se emborrachaba con todo el que quisiera escuchar los pormenores de sus arremetidas, por suerte, porque era un secreto a voces que todos pensaban que lo que hacía Amado era demasiado pasado de rosca, una cosa era atacar a los enemigos o liquidar a los desconocidos cumpliendo órdenes de poderes más altos y por dinero, y otra muy distinta era masacrar a gente inocente, inerme y solo por placer, era algo intolerable aun para los más asesinos, que se hacían los de la vista gorda porque era el hermano de Reinaldo Risco el que lo realizaba, de haber sido otra persona, su muerte se habría decretado después de la primera incursión, y por estas y otras prácticas llegó a ser un personaje completamente impredecible que más que respeto inspiraba miedo. A Reinaldo le llegaron los comentarios sobre los hábitos y maneras de su hermano, como el día en que para ensayar un fierro le disparó desde la terraza de la oficina a un vecino de la cuadra que salía a comprar una mantequilla, dejándolo malherido y a punto de morir, mientras él les decía a los que lo acompañaban No, qué gonorrea de pistola, no mata ni a un puto obrero de un balazo, cámbiela que no nos sirve. El mayor llamó al orden al menor, y este, que a la única persona que respetaba en el mundo era a su hermano, se dejó regañar en silencio y le prometió que aplacaría su comportamiento, pero en el fondo hervía de rabia y mientras caminaba a su casa repasaba en su mente quiénes podrían haber sido los sapos que le habían contado a su hermano sus diabluras y se convenció de que ninguno de los muchachos había sido, porque estaba seguro de que ninguno tendría las pelotas para enfrentarse con él, y llegó a la conclusión de que tenía que haber sido alguien de su casa, o su madre o sus hermanas, así que entró como un poseído y empezó a maltratar a las mujeres de su familia, a putearlas y de-cirles Sapas hijueputas, y a amenazarlas con un revólver. Fue tanto el escándalo que pronto todo el mundo en la cuadra se apostó afuera de la casa pero nadie se atrevía a entrar, no sé quién, si fue mi mamá o algún vecino el que le dijo a mi hermano que le avisara rápido a Reinaldo, que estaba en la oficina, lo que estaba sucediendo, y Alquivar, que en ese momento era casi un niño, le dijo lo que pasaba al patrón y este salió raudo con una pistola en la mano, entró a su casa y vio a Amado despersonalizado, presa de un ataque de histeria como los que le daban cuando eran niños, con los ojos inyectados de sangre y gritando madrazos a diestra y siniestra, llamaba puto a Dios, putas a su madre y hermanas, y les decía que a todos los iba a matar. Reinaldo trató de calmarlo pero todo intento fue inútil, Amado se salía cada vez más de sus cabales llegando a meterse su propio revólver en la boca, y cuando ya iba a disparar, Reinaldo se le adelantó y le pegó un tiro en una rodilla, que lo dejaría cojo para el resto de sus días, pero fue efectivo: con esto fue con lo único que se calmó, soltó su revólver y se agarró la pierna gritando de dolor. Todos sus familiares corrieron a auxiliarlo y él se emperró a llorar, pidiéndoles perdón y abrazándolos, y en pocos minutos al corrillo de mirones y chismosos que plagaban la casa se le sumó la Policía, que acudió por un llamado anónimo, y lo que parecía una trifulca familiar terminó siendo un hallazgo increíble para la ley, porque no solo atraparon sin buscarlo al segundo al mando y hermano del líder de una banda que ya traían entre cejas, sino que además se encontraron una caleta con incontables municiones de todos los calibres y diversas armas, junto con casi medio millón de dólares en efectivo en el sótano de la casa, la cual allanaron, e inmediatamente supieron quién era el personaje herido, solo les quedó la espina de no poder atrapar a Reinaldo, a quien conocían desde su época de jalador de carros en un cruce que no salió bien en Pereira, y donde estuvo preso cerca de ocho semanas.

Este, previendo el desenlace que se dio, había huido por el solar sin que nadie se diera cuenta después de ver que las cosas con su familia se habían serenado. Hasta ese día Los Riscos vivieron en la cuadra; a la semana a don José Reinaldo, a doña Teresa y al resto de hermanos menores los recogió un furgón de trasteos para mudarlos a otra casa en otro barrio. Después de que salió de la policlínica, a Manicomio lo internaron en el pabellón de alta peligrosidad del hospital psiquiátrico, donde estuvo recluido cuatro meses, hasta que en un descuido de los guardias se les escapó, y Reinaldo empezó una travesía de casa en casa y de finca en finca en distintas ciudades del país, porque con este escándalo su nombre volvió a figurar entre los más buscados por la Policía, y su cara volvió a aparecer en la mente de la ley, que ya ahora sabía a qué estaba dedicado realmente. Al barrio y a la cuadra solo volvieron esporádicamente, con suma cautela, llenos de guardaespaldas y por lo general a celebrar en pomposas fiestas en las fechas especiales, día de la madre, día de los niños, diciembres, pero siempre de paso, aunque seguían controlando todos los movimientos del vecindario, ahora en cabeza de sus lugartenientes, que tenían que ir cada cierto tiempo hasta donde Reinaldo estuviera a rendirle cuentas de todo lo que pasaba, porque hasta el día de su muerte, de cerca o de lejos siempre fue el patrón de este barrio.

Desde que tengo memoria recuerdo a los dos hermanos Risco porque mi familia y yo vivíamos en una casa diagonal a la suya, en consecuencia su aspecto y representación fueron completamente cotidianos para mí desde siempre, no obstante, por una cuestión de generaciones, llegamos a ser conocidos prácticamente solo de vista. Cuando yo nací ellos ya estaban grandecitos y ya habían dado inicio a sus aventuras, y al llegar yo a la edad de la calle ya eran los duros y ya habían conformado el combo, y para nosotros, los peladitos de la cuadra, eran todo lo digno de emular en la vida, así que mi relación con ellos fue casi nula hasta el ingreso de mi hermano a la banda, en donde todo el mundo me empezó a reconocer y a observar con otros ojos, y desde ese momento ellos me saludaban y me preguntaban cualquier bobada sobre mi mamá o mi papá, o me hablaban al pasar, llegando incluso a llamarme con el nombre de mi hermano pero en diminutivo, me decían ¡Ey!, Alquivítar, tal cosa, y era todo el contacto que tenía con ellos. Y aunque siempre supe que eran los dueños del barrio y lo que hacían, y ellos me estimaban no solo por mi hermano sino también porque siempre he sido un tipo atento y discreto con todos y todo lo que me rodea, la primera vez que los vi de frente fue el día del Halloween de la foto, cuando tenía diez años y mi madre me disfrazó de pitufo al revés. Ellos, como ya era costumbre, patrocinaban cada año una fiesta enorme el 31 de octubre, día de los brujitos, para todos los niños de la cuadra, y era una celebración fastuosa que nosotros esperábamos con más entusiasmo incluso que la Navidad, porque los regalos que ellos daban eran espectaculares y no se podían comparar con los pobres regalos de nuestros padres en diciembre. Siempre llegaban como a mediodía cargados de paquetes con envolturas plateadas que nosotros sabíamos contenían nuestros obsequios, y hacían una pequeña piñata en la que nos daban helado y algodón dulce, luego no nos mandaban para la casa sino hasta por la noche, cuando se hacía la gran fiesta, ahí repartían los regalos y nos entregaban a cada niño una bolsa enorme de dulces y algo de efectivo. El año en cuestión fue aún más especial porque habían acabado de recibir una fuerte suma de dinero de algunos trabajos, por lo cual además de lo acostumbrado, las dádivas en metálico fueron muy cuantiosas. Recuerdo a los dos hermanos Risco sentados en la esquina, al pie de la Virgen María Auxiliadora de tamaño natural que habían mandado construir y adornaban con luces y con unas placas con los nombres de los compañeros muertos, y al lado de ellos Navajo, Cake y John Darío, cada uno con un costal de harina de treinta y cinco kilos lleno de billetes de doscientos y de quinientos pesos para repartírnoslos a los chicos, tanto a los disfrazados como a los que no: nos formaron en fila y nos iban entregando uno o dos billetes dependiendo de la denominación, ese día recogí 6.700 pesos porque hice la fila varias veces con mi disfraz de pitufo y luego fui y me cambié de ropa en dos ocasiones para recibir más capital. De esa primera impresión conservo su imagen como de un par de personas alegres, bonachonas y muy manirrotas, estaba muy pequeño en edad y entendimiento para saber que detrás de esa máscara de benefactores del barrio se encontraban seres siniestros capaces de los crímenes más horrendos, y al ir creciendo comprendí la fuerte dicotomía que exhibían personas como ellos, no solo en mi barrio, sino en toda la ciudad y en general en toda la sociedad en Colombia, país transitado por el hambre y la necesidad y gobernado por un sinfín de ladrones y gente tanto o más asesina que los mismos delincuentes, donde todo el mundo busca la plata fácil, la sonrisa fácil, el amor fácil, donde se persigue y se quiere todo lo regalado, el país del mínimo esfuerzo. Por eso nos levantamos queriendo que todo se nos dé gratis, que sean los otros los que hagan nuestro trabajo: el Estado que nos mantenga, los medios que nos opinen, los dirigentes que nos piensen, la sociedad que nos tolere, la justicia que nos absuelva, la Iglesia que nos confiese y la vida que nos viva, pero como en la realidad nada de eso se da de verdad porque el Estado nos estafa, los medios nos engañan, los dirigentes nos manipulan, la sociedad nos desprecia, la justicia nos condena, la Iglesia nos reprueba y la vida nos mata, entonces empezamos a creer en supercherías y seducciones de personajes tan oscuros como sugerentes que saben endulzar la píldora para que el candoroso vea en su obrar la solución rápida a todos sus problemas. Eso explica de alguna manera el que este barrio, al igual que tantos otros de similares tesituras, haya sido el caldo de cultivo ideal para los planes del cartel, y que la mayoría de los jóvenes adolescentes y algunos mayores hayan optado por el crimen como forma de vida, o mejor sería decir, dado lo conciso de sus carreras, como forma de muerte. Después de ese Halloween la presencia de los Riscos ya como combo de la esquina fue una constante para mí y los de mi cuadra, porque a partir de ese momento es que se empieza a dar una feroz guerra del cartel contra el Estado, y con ella se da inicio al reclutamiento en serio y a granel de muchachos combatientes: todos los que tenían edad para empuñar un arma y ganas de hacerlo terminaron inmiscuidos con los asuntos del combo, es decir, todos los mayores de trece años, aunque en contados casos también los menores de esa edad. Primero fue de una manera tímida y didáctica que muchos tomaron en principio como un juego, porque las primeras tareas que el cartel le encomendó al combo fueron simples y de advertencias y provocaciones al Estado, a más de que servían de estratagema para enganchar muchachos con dineros fáciles. Una de esas labores consistía en pintar grafitis con consignas en contra del presidente y del Gobierno. Algún día de enero llegó a la cuadra Eneas montado en una camioneta llena de tarros de aerosol, y a todo el que quisiera le pagaban tres mil pesos por grafiti que pintara, todos sin excepción participamos de esta actividad, algunos en bicicleta, otros en patines y los más a pie, llegamos incluso a competir por cuál hacía más letreros en la noche, y como los lemas eran diferentes para cada uno, era fácil determinar quién iba ganando. Al otro día el barrio amaneció pintado de cabo a rabo con las frases encomendadas y todos los muchachos de la cuadra abundantes y sonrientes, gastando en la tienda de la esquina, comprando ropa y relojes en el almacén de don Fulano, invitando a almorzar a las madres y los hermanos, repartiendo el caudal conseguido con tanta comodidad, porque en realidad la labor fue sencilla para casi todos, el único afectado fue Choper, que en un descuido no vio venir a la policía y lo capturaron en flagrancia y como no contestó a nada de lo que los policías le inquirieron lo obligaron a abrir la boca, le vaciaron todo un tarro de aerosol y lo obligaron a tragárselo para después dejarlo ahí tirado en la calle todo intoxicado, porque ni siquiera lo arrestaron, teniendo que ir mi hermanito Alquivar y el Calvo a socorrerlo y llevarlo al hospital. Por eso fue que yo también participé, porque mi hermano me encomendó que siguiera yo pintando lo que a él le tocaba y que él al otro día me ligaba, como en efecto lo hizo. Luego de esa primera noche de trabajo en que todo el mundo quedó encantado, las cosas se mantuvieron calmadas durante dos semanas en las que algunos habitantes de las casas pintadas tuvieron que remodelar o exigirse con agua, jabón y tíner para bregar a borrar los grafitis, mientras que la mayoría los dejó en la pared y empezaban a acostumbrarse a que sus casas además de la dirección tuvieran otra seña particular para identificarlas. Al pasar este lapso de tiempo, cuando la vida volvía a tornarse monótona e iterativa, de nuevo apareció Eneas en su camioneta cargada de aerosoles y todos los pelados se entusiasmaron porque sabían que sería una nueva jornada de grafitis, correteos y plata fácil, y así fue, la misma dinámica, el mismo desembolso y el mismo esparcimiento, solo que esta vez las consignas eran distintas tanto en su volumen, largura y contenido como en sus consecuencias, solo dos sucintas frases tan cortas como lapidarias: "Extraditables = comida. Sapos = muerte". La noche se desarrolló sin percances, muchas pintadas y al otro día la misma opulencia y el mismo solaz, pero lo que no sabíamos, algunos ni siquiera sospechaban, era que estas frases no eran ya de provocación al gobierno sino de sentencia a la gente, el que estuviera con el cartel gozaría de los estipendios y subvenciones que traen consigo el silencio, la alcahuetería y el amparo de todas las formas de envilecimiento moral que proponían, pero el que estuviera en contra y se atreviera a denunciar o tan solo a censurar sus actuaciones, caía irremisiblemente en la cruel disyuntiva: o se iba y abandonaba todo lo que tenía para salvar su vida o se moría. Lo primero que se cumplió fue el encabezado del pronunciamiento: a los ocho días exactos de haberlo anunciado empezaron a llegar camiones de leche que regalaban a la gente de la cuadra, seguidos de tractomulas cargadas de gigantescos mercados con igual destino. La gente enloquecía de felicidad, muchos hacían la fila varias veces para recibir mercados y guardarlos para después, en muchas casas que como la nuestra vivíamos al diario, nunca se había visto un mercado completo, y como mi hermano era uno de los encargados de repartir, a mi casa llegaron quince mercados y setenta y seis bolsas de leche que obviamente no íbamos a alcanzar a consumir, así que de un momento a otro mi familia siempre tan menesterosa se volvió ubérrima por una semana y empezamos a repartir comida a los vecinos que habían recibido más poco o a las familias más numerosas. En medio de la alegría que da el estómago lleno y la despreocupación del despilfarro, a la gente se le olvidó que a la sentencia le faltaba la mitad más negra, ya los extraditables habían allegado la comida, ahora faltaba que los sapos se murieran y como solos no se iban a morir, había que matarlos. Reinaldo convocó a todos los que participaron de las pintadas y les ordenó matar a todos los que el cartel consideraba que eran sapos del gobierno, con nombres propios y direcciones. Por mi corta edad yo no acudí a la reunión pero fui testigo de la cara de espanto con que salieron casi todos los citados al saber que tenían que matar a sus familiares, a sus vecinos y a los amigos de sus padres de toda la vida; muchachos que nunca habían matado a nadie, muchos que ni siquiera habían empuñado nunca un arma, se veían ahora obligados al asesinato por haber participado de lo que en principio parecía un juego y una plata fácil. Pero en la vida de esquina de barrio nada es gratis, siempre se paga, en esa junta infernal quedó exterminado para siempre el último vestigio de inocencia que albergaran la cuadra y sus habitantes, y al otro día, tercer domingo de febrero de un año bisiesto, Aranjuez se volvió la última cloaca del averno. Desde las nueve de la mañana sonaron tiros sin parar hasta las once y cuarenta y cinco, mi mamá y mi papá lloraban, maldecían, se abrazaban, desesperados, recorrían la casa, mi abuela prendía veladoras a sus santos y a la Virgen, mi hermanito menor detrás de mi mamá lloraba por imitación, y yo lloraba por Alquivar, mi hermano mayor, que había engañado a mi madre diciéndole que se iba a amanecer donde un compañero en otro barrio, pero yo sabía que estaba en la calle, con miedo al igual que los otros muchachos, mis amigos todos debutando en el homicidio, haciendo daño, asesinando gente, empezando todos a matar y a morir. A las doce y media, cuando al fin cesaron los disparos intermitentes, el barrio se llenó de policías, hubo allanamientos en todas las casas, levantamientos de cadáveres, despelote por todas partes, detenidos inocentes porque tenían un machete en sus casas y estaban desempleados, cuando todos los muertos fueron a bala y sus responsables estaban a kilómetros de distancia escondidos por los jefes y disfrutando de la paga, y los pelados en sus casas muertos de culpa, de pánico, de tristeza y soledad. El saldo total de la arremetida: veintitrés muertos y cerca de veinte nuevos asesinos al servicio del crimen organizado, que para como se dieron las cosas, era lo único organizado en un Estado que por el momento iba perdiendo la guerra. El barrio estuvo en una suerte de sitio del Ejército y la Policía, durante casi un mes nadie entraba ni salía sin ser raqueteado y sin que se verificaran sus antecedentes, luego la ley se fue yendo y los pillos fueron retornando a su esquina y a sus violentas actividades, pero después de ese domingo el barrio y en especial la cuadra no volvieron a ser iguales, el mal tomaba otra cara, el rostro del amigo, del vecino, del ahijado o del primo, y abría en las almas heridas imposibles de suturar.

A partir de ese día, la banda del barrio tomó objetivamente su verdadera vocación, desempeñarse como asesinos oficiales del cartel; los robos, extorsiones y demás pillerías pasaron a un segundo plano. Con la muerte vuelta un oficio, los nuevos asesinos van a hacer carrera y la ciudad se vuelve un camposanto poblado por contendientes de los dos bandos en beligerancia: por el lado del cartel, cientos de muchachos en su mayoría menores de veinte años eran torturados, asesinados y desaparecidos en los barrios comunales por oscuros organismos del gobierno que utilizaban métodos igual o más carniceros que los de sus oponentes, y por el lado del Estado miles de jóvenes policías que fueron masacrados sin distingos ni compasión, cuando al jefe de jefes del cartel se le ocurrió que la muerte sistemática de policías era la mejor respuesta a los ataques del adversario y una excelente forma de presionar contra el proceso de extradición a un país del norte, donde las penas son crueles y largas, que se cernía sobre él y sus amigos, y ofreció la enorme suma de dos millones de pesos por cada policía dado de baja. La respuesta fue inmediata y efectiva, y con el combo de los Riscos a la cabeza de la escabechina, en pocos meses se desató la más escabrosa ola de asesinatos que recuerde la ciudad: los cadáveres se contaban por decenas, se hizo una práctica muy concurrida los carros bomba contra las instalaciones policiales, porque era una manera expedita de liquidar a varios a la vez y cobrar cuantiosas sumas de dinero, y los pillos rápidamente entendieron que la plata estaba era ahí y se aplicaron con tozudez al exterminio, cada nuevo muerto era un billete más en sus bolsillos. Siguiendo esta abyecta lógica pronto se desató la locura, el afán de lucro inmediato y el ansia de derroche hicieron que la muerte se extendiera a todo el que tuviera que ver con la Policía, no solo los que verdaderamente ostentaban este oficio sino también a sus familiares, allegados y amigos, porque por todos ellos se cobraba, y en especial a un blanco completamente dócil y desprotegido, los policías bachilleres, jovencitos sanos de dieciséis o diecisiete años recién graduados del colegio que eran precisados como todos los cercanos a la mayoría de edad a cumplir el servicio militar obligatorio y eran conducidos a la boca del lobo, disfrazándolos de policías y poniéndolos a cumplir funciones de mandaderos y limpiadores, aprovisionados de un simple bolillo o macana de palo como única arma de defensa, que no tenían nada que ver con el conflicto pero que por el solo hecho de portar el ignominioso uniforme verde de la institución cayeron bajo la larga mano asesina del cartel. Llegó a tal punto el peligro de ser bachiller que muchos preferían interrumpir sus estudios y meterse de pillos antes que graduarse e irse a prestar servicio porque era prácticamente lo mismo, en ambos casos era regalar la vida, pero al menos con los bandidos se conseguía algo de dinero y aceptación mientras que con la Policía lo único que se obtenía era un deslustrado cartón que nadie había pedido.

Fue el periodo de mayor bonanza en la cuadra, los pillos, que a la sazón ya eran todos los muchachos conocidos, y sus patrones, que eran los otrora bandidos de la esquina, ostentaban motos y carros último modelo, y las farras después de las matanzas eran parrandas de semanas en donde la droga y el alcohol circulaban sin cesar y donde por todo se repartía plata: por hacer un mandado, por armar un bareto, por cantarlas en la esquina cuando apareciera la ley o simplemente por estar presente cuando empezaba la repartición, el dinero corría profuso. Mientras estuvieron vivos Los Riscos el trabajo nunca faltó, no obstante, después del episodio de locura de Amado las cosas se hicieron más peliagudas, pues Reinaldo empezó a salir en televisión entre los miembros más peligrosos y buscados del cartel, llegando el Estado a ofrecer una pródiga recompensa en dólares a quien brindara información que permitiera su captura, lo que lo llevó a estrechar su círculo de cercanos y a vivir en permanente tensión, pensando todo el tiempo en que iba a ser traicionado, desconfiando incluso de sus íntimos. A medida que el Estado elevaba la suma por su captura se realzaba su reconcomio, llegó a sospechar hasta de su familia y de su hermano, aunque nunca se lo dijo a nadie y sus días finales fueron una completa zozobra. Esta angustia lo condujo a separarse de Amado, quien luego del tiro quedó muy mal de la pierna y a veces tenía que recurrir a una silla de ruedas para desplazarse, y a quien prácticamente obligó a recluirse en una finca en las afueras de la ciudad acompañado solamente de dos guardaespaldas, arguyendo que no era un retiro de las actividades sino una temporada de descanso que necesitaba para recuperarse bien de la pierna, pero en el fondo de sí sabía que la verdad era que no quería que nadie supiera bien su itinerario, no lo inquietaba tanto la lealtad de su hermano pero sí recelaba de su locura, y esto mientras él daba inicio a un incesante peregrinar por distintos escondites de la ciudad sin permanecer en ninguno más de una semana y acompañado solo de su primo Vidal, que en los postreros meses se había convertido en su sombra y al lado suyo acabó también sus días, y de su inseparable subametralladora mini Ingram MAC-10. Amado, desde el cuartel de invierno donde cumplía su retiro involuntario, quiso por todos los medios a su disposición saber de los negocios y del paradero de su hermano, sin intuir siquiera que esta incesante curiosidad sería la interferencia que detonaría el final de ambos, porque en su torpeza el último diciembre, haciendo caso omiso de lo que le había prohibido expresamente Reinaldo, nada de visitas, ni de dejarse ver en público, había ido a visitar a sus padres, que eran vigilados de cerca por un grupo de sabuesos de la Policía, conocidos como el cuerpo élite, que después de comprobar la identidad del segundo hijo de don José Reinaldo y doña Teresa, lo persiguieron hasta su escondite rural, seguros de que en algún momento trabaría comunicación con su hermano mayor, que era el objetivo número uno del espionaje. Y Amado, después de presionar con amenazas y promesas de todo tipo a sus guardaespaldas, consiguió que Reinaldo accediera a llamarlo, pues no sabía nada de él desde hacía más de un mes. La comunicación duró algo más de tres minutos, en donde intercambiaron saludos, buenos deseos de Año Nuevo y algo de información sobre la salud de sus allegados y combatientes, el tiempo necesario para que el cuerpo élite pudiera rastrear el escondite del jefe máximo de la banda Los Riscos. A las doce y treinta de un 22 de enero de 1991, más de quinientos hombres fuertemente armados allanaron simultáneamente los dos predios donde se guarecían los hermanos Risco, uno en la ciudad y otro en el campo, y dieron de baja a los principales cabecillas del combo y a los muchachos que los acompañaban. El mayor tenía treinta y tres años y un prontuario criminal que incluía el asesinato de varios ministros, el secuestro de precandidatos y la hija de un expresidente, y miles de crímenes contra policías y sus familiares; el menor tenía treinta y dos años, una locura inocultable y un currículo delictivo sin precedentes en la ciudad. Con la muerte de los creadores del combo, la vida en la cuadra y el barrio iba a trastocarse completamente, se acaba para siempre lo que podríamos llamar la ética criminal y cada quien empezó a tirar para su lado y a buscar protagonismo y poder a como diera lugar, surgiendo nuevos líderes y nuevas formas de acceder y convalidar el crimen, de maneras divergentes y contradictorias pero igualmente envolventes, porque, pese a los cambios de época, modos y dirigentes, el mal siempre ha encontrado la manera de permanecer vigente en este barrio y en esta ciudad, aunque nunca más se va a observar una banda tan temible, ordenada, imponente y temeraria como Los Riscos.

7
Chicle y el Calvo

El Calvo se llamaba realmente Arcadio y de Chicle nadie nunca supo su verdadero nombre, tenían edades, razas, historias y modos diferentes, pero los unía la salsa: ambos eran verdaderos fanáticos de este ritmo y sus conversaciones e incluso sus vidas giraban en torno a ella. Recuerdo el día que se estrenó *Juanito Alimaña* en Latina Stereo, una emisora local dedicada al género, y fue una revelación: Chicle escuchó la letra y quedó alelado, como transportado a otra dimensión, por lo que empezó a buscar prestado un casete para sintonizar una vetusta grabadora, que tenía en la pieza donde vivía desde los diecisiete años cuando arribó al barrio, en los 100.9, y grabar todo lo que iban pasando a ver si en una de esas caía por suerte la canción que tanto lo había impactado, y cuando se acababa la cinta de un lado la volteaba y seguía grabando, así pasó todo el día dándole vueltas al casete y grabando encima de lo que ya había grabado, hasta que casi a las diez de la noche sonó por fin el anhelado tema y logró captarlo completo, de ahí en más todos los días lo escuchaba desde temprano en la mañana hasta bien entrada la noche, tantas veces lo repitió que en menos de dos días todos los vecinos lo sabíamos de memoria. La vida de Chicle era eso, estar en la esquina, escuchar salsa, fumar mariguana y arrastrar los muertos que caían en la cuadra y sus inmediaciones para que los levantamientos no atrajeran a la Policía hacia el epicentro del combo. Lo conocí ya grande, cuando siendo yo un niño lo veía siempre igual, en la esquina y escuchando salsa sin hablar con nadie, porque aunque les servía a los bandidos del combo para tareas bien definidas, nunca vi a ninguno hablar con él, solo aparecía para cumplir su función como si estuviera explícito de antemano que ese era su trabajo y nada más. Sobrevivía con lo que los pillos le daban por alejar los muertos, y aunque era mayor que todos ellos, nunca se involucró en sus negocios de una manera activa, solamente hacía lo necesario para ir tirando. En el fondo creo que lo único que le interesaba en la vida era la salsa, porque para el resto de actividades era como una sombra: uno sabía que estaba pero nunca se notaba demasiado, porque además de ser extremadamente callado era muy descuidado con su apariencia y su forma de vestir, y usaba por lo regular la ropa que otros habían dejado de emplear y que se la endosaban por no tirarla a la basura, lo cual hacía que nadie quisiera su compañía y al parecer a él tampoco le gustaba estar con la gente. Llegaba al punto de ubicarse en la esquina contraria a la de siempre cuando estaba muy llena de pillos y desde ahí contemplarlos mientras escuchaba su música y fue por esta que terminó relacionándose con Arcadio de una forma más cercana, ya que fue el único que se interesó en ese gusto particular de Chicle. Siendo también un niño, Arcadio quedó solo en el mundo, su madre los había dejado junto con su hermano mayor Ramiro al cuidado de su padre para irse a probar suerte a Venezuela y nunca más supieron de ella, y su padre era latonero por días y bastante alcohólico, por lo cual los muchachos se criaron prácticamente solos. Vivían en un ranchito de madera que se venía abajo cada tanto en las afueras del barrio, pero se mantenían en la cuadra porque Los Riscos habían estudiado en la escuela con Ramiro, el hermano mayor, y la madre de estos, doña Teresa, al saber la historia de los dos muchachos les tomó cariño y les daba comida cada que podía, volviéndolos muy allegados a la familia. Fue así como Ramiro, al que todos le decían el Calvo por llevar el pelo al rape, fue uno de los fundadores del combo al lado de los hermanos Reinaldo y Amado, pero en uno de los primeros trabajos de importancia como jaladores de carros fue sorprendido y en su afán de liberarse de un policía lo mató a puñaladas. Fue detenido por hurto y asesinato agravado y condenado a treinta y cinco años de cárcel y trasladado al penal de Valledupar, a donde era prácticamente imposible ir a visitarlo. A partir de este acontecimiento, Arcadio quedó claramente solo en la calle y fue por esto que se convirtió en favorecido de Los Riscos, que se sentían responsables por el muchacho, y adoptó el remoquete de su hermano preso, al principio en diminutivo, le decían el Calvito, pero a medida que iba creciendo se transformó simplemente en el Calvo. A pesar de que era admitido y querido por la familia Risco y pasaba mucho tiempo en esa casa, nunca vivió plenamente con ellos, era un muchacho de la calle que además nunca estudió nada porque no tuvo quién lo matriculara ni lo empujara a ir a una escuela, y pronto se encontró vagando de arriba abajo en la cuadra haciendo mandados, lavando carros o rebuscándose cualquier centavo para sobrevivir. En ese tiempo se fue acercando a Chicle, porque era el único que a toda hora estaba disponible en la esquina y porque además siempre estaba escuchando música, lo que a Arcadio le parecía estupendo, porque esos sonidos le despertaban alegrías internas sin estrenar y esas letras le narraban las historias que él veía y vivía a diario, en esas canciones encontraba la compañía que nadie le había brindado en la vida, ni siquiera su hermano, que si bien lo quería mucho era una persona distante y seca que nunca le expresó sus sentimientos. La amistad salsera de estos dos fue el encuentro de dos soledades que se comunicaron cantando con las canciones de otros lo que nunca aprendieron a decir con las propias palabras.

Si bien la salsa en este barrio fue la banda sonora de la vida durante un par de décadas y todos la escuchábamos sin parar y con deleite, lo de estos dos amigos era una verdadera devoción que empezó cuando Arcadio escuchó al pasar la canción *Melancolía* de la Orquesta Zodiac en la envejecida grabadora que Chicle mantenía encendida a toda hora, por lo que estoy seguro que gastaba más en pilas que en comida. Le preguntó que quién cantaba esa canción, que era muy bacana y Chicle, en principio reacio solamente, le respondió con el nombre de la orquesta y siguió en lo suyo, pero el muchachito insistente continuó averiguando que de dónde eran, que quién era el cantante, que cómo se llamaba la canción y que si él la tenía grabada. Chicle reparó bien al pelado y vio que su interés era real y empezó a relatarle todo lo que sabía sobre la Zodiac y sobre la salsa en general, y sintió algo que nunca había sentido en su vida, se sintió importante, y pasaron un largo rato sumergidos en una amena conversación sobre canciones y cantantes de los que ni el mismo Chicle sabía que conocía tanto, el joven cada vez más interesado y el mayor feliz desplegando su conocimiento acumulado en años y años de andar pegado a su grabadora. Desde ese día se hicieron amigos en serio y todos los días se encontraban para escuchar música, compartir conocimientos y descubrir juntos melodías y vocalistas nuevos, las vidas de ambos mejoraron ostensiblemente con esta pasión compartida, ya tenían un afán compartido, la música, por lo que no era raro verlos reuniendo monedas para comprar pilas o casetes para grabar canciones y pedir papel de envolver parva en la tienda para escribir la letra de las tonadas e irlas recopilando, hasta que juntaron un repertorio y una sapiencia del género dignos de eruditos. Se contaban anécdotas que escuchaban, se trenzaban en discusiones imposibles para los neófitos sobre cuál orquesta era mejor, si La Broadway o La Típica 73 o la de Johnny Colón, y así llevaban sus días, y como Arcadio ya había empezado a fumar mariguana y Chicle era un consumidor asiduo, se pasaban las tardes entre su música y las risotadas del humo, felices solitarios en medio de una vida cada vez más tosca en el barrio, que les pasaba por las narices sin conmoverlos en lo más mínimo, porque mientras la muerte se enseñoreaba en estos predios ellos inmutables vivían en su mundo mariguanero y musical, abstraídos de los problemas y enfrentando la adversidad cotidiana desde las voces y los sonidos tropicales que les hacían creer que la vida era posible.

Pero como la canción dice "todo tiene su final…", Arcadio, al igual que el resto de muchachos de la cuadra, fue convocado por Los Riscos para que dando plomo pagara los cuidados dispensados en la época de las efectivas y numerosas matanzas de policías y enemigos, muy a su pesar tuvo que acudir porque su compromiso con los líderes del combo estaba teñido de algo más trascendental que el afán de lucro y respeto que incitaba a los demás. Estaba impulsado por la gratitud, un sentimiento tan altivo como inconveniente porque conlleva una deuda de sometimiento absoluto a quien ejerció el socorro que no se acaba nunca de pagar, y por más que se haga, en la mente siempre habrá un pendiente abierto que solo se cierra con la muerte. De ahí que muchos hombres prefieran el desamparo y el aislamiento, como era el caso de Chicle, al saldo perenne cuyos intereses son la autoextorsión, el apocamiento y la represión. Así que el Calvo cada vez estaba más involucrado en crímenes y vueltas de la esquina y tenía muy poco tiempo para la música, aunque la escuchaba con regularidad, en todo momento y donde estuviera o mientras hacía lo que fuera. No era lo mismo unas canciones apuradas como música de fondo de otras actividades que las dulces horas en que se sentaba con Chicle a escuchar juiciosamente los temas y a conversar sobre las letras, horas en que podían oír hasta treinta veces seguidas la misma melodía hasta que se la aprendían de cabo a rabo, devolviendo el casete con un lapicero para no gastar las pilas, horas llenas de música en las que nada más importaba. Se podían pasar días enteros dirigiéndose la palabra escasamente para exclamar en los intersticios entre canciones, cosas como Eh... ¡ese Patato sí es mucho teso con esas congas!, o ¡Ismael Miranda sí es mucha voz, ese hijueputa!, y el otro decía ¡Sí... pero como Maelo no hay dos!, y volvían a su mutismo de escuchas devotos, hasta que la audición era estropeada por algún entrometido que venía a contarles algún chisme o a comentar sobre los azares de la cuadra. Se molestaban pero no ahuyentaban directamente al invasor, se valían de una treta secreta que los unía más: se ponían a hablar de salsa, de cantantes como Santiago Cerón y compositores como Pedro Junco o Catalino el Tite Curet Alonso que nadie más conocía y la demás gente se aburría y se iban diciendo Qué pereza, estos maricas con esos temas todos rebuscados y a toda hora hablando de música, ¿no se cansan o qué?, quedando ellos conformes y contentos de poder seguir escuchando sus temas sin molestas interrupciones. Sin proponérselo, se habían transformado en una isla dentro del combo y eso les gustaba, pues los dos eran personas solas que encontraron en su amistad y sus gustos lo más parecido a un hogar, además se volvieron un equipo cuando Arcadio empezó a asesinar por orden de Los Riscos y Chicle arrastraba los muertos de aquel: se iban juntos cantando a matar y a remolcar como dos compañeros que se dirigen a un trabajo cualquiera, volviéndose inseparables porque el destino los juntó también en el crimen.

Pero en el mundo malandro las cosas siempre se tuercen por más recto que uno se obligue a andar y Chicle, que al parecer no tenía otro interés distinto en su vida que escuchar música, se aficionó de pronto al bazuco y con esta adicción sus pocas prioridades cambiaron radicalmente. El bazuco es quizás la peor de las drogas porque exige un consumo constante para evitar los periodos depresivos de disforia, que son los más en el consumidor perseverante, creando una necesidad a toda costa que no da tregua, por lo que cuando la persona se aficiona a su consumo tiene que estar fumándolo todo el tiempo, su vida se vuelve el bazuco y se empecina en conseguirlo a como dé lugar, sin importar qué tenga que hacer para logarlo. Y si a esto le sumamos que Chicle no tenía dinero ni ninguna fuente de ingreso distinta de recoger muertos, tenemos a una persona en constante tensión, presa de lo que se conoce como amure, que es una desesperación invencible, una necesidad que sobrepasa todos los límites conocidos, y con él fue particularmente invasiva esta urgencia, lo llevó a descuidar todo lo suyo ya de por sí bastante descuidado, y lo condujo incluso a abandonar lo que más quería en la vida, que era la salsa, empeñando su grabadora por cinco cosos, que es como le dicen al empaque de una dosis de bazuco. En los días de peor sujeción al vicio, Arcadio lo interpeló furioso diciéndole desechable y que cómo había sido posible que empeñara la grabadora, que ahora sí estaba era jodido, sin embargo, en medio de la reprimenda le entregó un radiecito con audífonos que había comprado para él, mientras el otro escuchaba cansinamente las palabras del Calvo, que él sentía que venían de muy lejos y como cansadas, cuando en realidad el cansado era él, y el bazuco le daba esa sensación de sosiego tan necesaria para poder sobrevivir que ya ni con la música lograba conjurar. Su vida se volvió un inmenso necesitar, un precisar constante de droga que solo lograba amainar con el consumo, esto pronto lo llevó a pedir plata a todo el que se encontraba. La gente al principio le regalaba monedas, sobre todo los pillos que de alguna manera lo consideraban uno de los suyos aunque inferior, pero rápidamente se cansaron de darle, nadie tolera a alguien que esté demandando enteramente y empiezan a tratar de componerle la vida al pedigüeño ofreciéndole trabajos y conminándolo a que haga lo que a ojos de la sociedad es lo correcto, que busque ayuda, que se interne, que tenga fuerza de voluntad, pero todas estas palabras e invitaciones son polvo que se lleva el viento en los oídos del adicto, que solo quiere callar la voz interna que grita y desespera clamando por otra dosis. El Calvo fue el único que siempre toleró las demandas de Chicle y siempre que pudo le patrocinó el vicio aun a su pesar: siempre le echaba cantaleta pero finalmente le regalaba para que se hiciera a algunos cosos, dejando de comprar su propia ropa e incluso su comida con tal de que Chicle no se le desfigurara en la mente, viéndolo por ahí pedir monedas como un gamín. La necesidad de vicio afectó los pocos ámbitos de la vida del arrastrador de muertos, que ya ni siquiera era capaz de ejercer su oficio: un día por la mañana mataron a Careloco, un infiltrado de la Policía que se hizo pasar por amigo de Los Riscos hasta que lo descubrieron y decretaron su asesinato, y Mario Vaca y John Darío le dieron bala hasta decir basta al salir de la panadería de encima de la cuadra, y ahí lo dejaron esperando que Chicle fuera a cumplir con su tarea, pero este nunca llegó, estaba en una manga al otro lado del barrio haciendo rendir unos cosos, mezclándolos con ladrillo molido y en medio de la más colosal traba. Cuando apareció en la cuadra hasta bien entrada la noche, todo el mundo lo observaba como reclamándole y él no entendía hasta que Amado Risco lo cogió a pescozones y malamente, entre insultos y bofetadas le dijo que era un hijueputa bazuquero, que los había dejado tirados con un chulo ahí encimita y que la cuadra se había llenado de tombos, que hasta Reinaldo estaba putísimo y que se había tenido que ir a esconder, y que si volvía a faltar mejor no volviera porque él mismo lo mataba, así fuera a patadas. Chicle, aporreado y quejándose, se retiró hasta la esquina contraria, a donde llegó Arcadio para decirle ¿Qué pasó pues, marica?, ¿dónde estabas?, vos si sos muy cagada, agradecé que ese puto loco no te mató de una y ponete pilas que ve, ese marica vicio ya no te deja ni hacer las vueltas que tenés que hacer. Chicle medio lloroso le respondió Estaba detrás del colegio fumándome unos diablitos, yo qué iba a saber que hoy era que iban a matar a ese hijueputa, y este otro pirobo por qué me tenía que pegar, él acaso es mi papá, ni siquiera es el patrón, esa gonorrea, espere y verá que venga Reinaldo y le voy a decir. ¿Sabe qué, mano?, dijo Arcadio, mejor deje las vueltas así y venga tomemos gaseosa. No, qué gaseosa ni qué nada, dijo el otro, yo no tengo sed, tengo es rabia y ganas de fumarme un cosito, y se quedaron esperando que los pillos que los observaban desde el otro lado se dispersaran y se fueron a comprar el bazuco. Llegando de vuelta a la esquina, Arcadio le dijo ¿Y por qué no ponés música?, ¿dónde tenés el radio que te di? Chicle, fumando, le dijo Calvito, parcerito, lo tuve que vender pa comprarme una comidita. Enfurecido, el Calvo le respondió Qué comidita ni qué hijueputas, te lo fumaste en bazuco, maricón, y por eso no apareciste, comé mierda, puto desechable, ya no te respetás, ni siquiera querés a la música, y arrancó furibundo dejando a Chicle solo, ensartado en los tóxicos humos ya más tranquilo.

El Calvo se molestó bastante por la desaparición del radio que le había regalado a Chicle y dejó de verlo varios días, en los que el amure de este llegó a alturas tan impensadas que lo condujeron al robo para poder tranquilizar su zozobra, solo que su mente acostumbrada a la mansedumbre y sin posibilidad de inventiva alguna no supo calcular el desenlace y las consecuencias de su escamoteo, porque lo primero que sustrajo fue la caja menor de la tienda de donde Chela, que por ser una anciana y por considerar a Chicle uno de los pillos de la cuadra dejó pasar el incidente sin mucha alharaca y no lo denunció con los patrones, se limitó a comentárselo en voz baja a los pelaos como quien no quiere la cosa. Una noche en que estaban reunidos afuera de su local los muchachos más jóvenes, fumando cigarrillo y tomando gaseosa, ella dijo Ay, mis muchachos, ustedes al menos vienen a comprar, no como ese soplador del Chicle, que esta semana, aprovechando que yo estaba en la cocina fritando unas tajadas, se me metió aquí por la reja que yo dejo entreabierta y se me llevó ese cajoncito pequeñito que yo tenía, donde guardaba las monedas y uno que otro billetico y salió corriendo, de más que a fumar de eso que él fuma, él creyó que yo no me di cuenta pero yo sí lo vi desde la cocina por el espejo que tengo en el comedor. Los pelaos escucharon y no comentaron nada, sobre todo porque entre ellos estaba Arcadio, que los fulminó con una mirada, como queriendo decir Pilas abren la boca, pero el chisme estaba en el aire y toda habladuría que sale a la calle ya nadie la detiene, sea o no verdad. Arcadio se hizo el bobo unos quince minutos más, se despidió y se fue directo a buscar a su amigo al otro lado de la cuadra, pero no lo encontró donde siempre se mantenían, lo esperó hasta pasada la medianoche pero nunca apareció, así que preocupado se fue a su rancho a dormir. Al otro día, cuando llegó a la esquina a eso del mediodía, ya era muy tarde, la noticia se había regado y Chicle seguía sin aparecer, pero el que sí estaba en el sitio rodeado de varios bandidos grandes era Amado, quien desde el incidente del muerto se la había cogido a Chicle. Al verlo, Arcadio sintió un frío de premonición de algo malo, lo saludó con respeto como siempre y escuchó que este remataba una frase diciendo Déjelo que él aparece, el hijueputa ese debe estar fumándose hasta las uñas, pero eso no le alcanza para siempre, en esto aparece todo amurao por aquí, viendo a ver a quién cuelga ese perro. Amado, cuyo principal rasgo era la crueldad sin límite y sin motivo, llevó a Arcadio a un costado y sin preámbulo de ninguna clase le fue soltando la sentencia, Mijo, ese hijueputa amigo suyo es una lacra, ¿robarle a la vieja Chela para irse a meter bazuco?, eso no tiene nombre y mucho menos perdón, a esa gonorrea hay es que matarlo antes de que le coja gustico a eso y nos vuelva el barrio una olla. Arcadio intentó salir en defensa de su amigo, pero Amado, que parecía disfrutar con la situación, lo frenó diciéndole Vea, Calvito, yo a usted lo aprecio desde siempre y por todo lo que ha hecho, no solo porque su hermano es de ley, sino que usted se ha sabido ganar un puesto, pero ni se le ocurra hablar bien de ese hijueputa desechable, que yo no quiero que los muertos por culpa de esa gonorrea sean dos, así que mijo, espere a que esa rata aparezca, me le pica arrastre y usted mismo me lo mata bien muerto, lejitos de aquí, por esas mangas detrás del colegio que es por donde, según me han dicho, se mantiene fumando diablos esa chucha. Arcadio sintió todo el peso del mundo caer sobre sus hombros pues a pesar de que ya llevaba varios muertos en su haber, este era su amigo, su hermano, su única compañía en el mundo. Se sentó callado y le dijo a su interlocutor Pero, don Amado, ¿por qué tengo que ser yo?, pille que usted tiene muchos pelaos que harían esa vuelta de una y no tendrían… Amado, mirándolo con odio, lo interrumpió tosco ¿Qué pasa, maricón?, ¿no es capaz o qué?, lo mando a usted porque me da la puta gana y además porque ya no hay quién arrastre los chulos, y si mando a otro lo tiene que matar aquí, porque él no se va a ir con nadie, en cambio con usted sí, y a pedirle explicaciones a su puta madre, lo hace y punto, y si no quiere, avise, que eso se resuelve facilito, mijo. Arcadio se retiró regañado y se fue pensando que esta vida era una mierda y cómo podría salvar a Chicle, pensó en ir a buscarlo a la manga y avisarle para que se perdiera del barrio, pero sabía que si Amado se enteraba de que él le había avisado, el muerto era él. Además, perderse para dónde, si Chicle no tenía a nadie, ni sabía ni quería hacer nada y decirle que se fuera del barrio era como mandarlo a mendigar a la calle, ahí sí como un gamín real, sin suavizantes. Sabiendo que por más que volteara la idea, la verdad era que tenía que matar a Chicle, llegó temprano a su rancho y en la oscuridad de su pieza se puso a llorar sin descanso hasta la madrugada. Nada en la vida era justo, nada valía la pena, desde su niñez todo le había salido mal, siempre que se encariñaba con alguien irremediablemente lo perdía, esa parecía ser su maldición. A las tres y media de la mañana fue al cuarto de su padre y esculcando encontró una botella de alcohol etílico mezclado con agua que su padre mantenía encaletada, la sacó, fue a buscar un casete que había grabado con Chicle en donde tenía la canción *Te están buscando* de Héctor Lavoe, la montó en una grabadora de su padre que sonaba horrible, prendió un bareto y se sentó en la cama de su papá a escuchar, fumar y beber hasta que amaneció, devolviendo el casete para repetir el tema hasta que la cinta se enredó y le dañó toda la grabación. No quiso poner otro casete sino que ubicó Latina Stereo en el dial y oía lo que iba sonando, pero en su mente seguía repitiendo la letra dedicada al gran pianista Markolino Dimond, deteniéndose en los pedazos que decían "te están buscando ya… te lo dije… que tuvieras más cuidao… te lo dije, fumanchú…".

Al amanecer fue a su cuarto, sacó el revólver 32 recortado que le había dejado su hermano como herencia, se bañó y se fue para la esquina. Al llegar se fumó otro bareto y no quiso esperar a que Chicle apareciera sino que iría a matarlo a donde estuviera, que seguramente era en las mangas donde desde hacía un tiempo para acá se mantenía. Sabía que si no lo hacía en ese momento y de esa manera no iba a ser capaz después, y mucho menos esperarlo y picarle arrastre para matarlo traicioneramente, pensaba que al menos le debía eso, matarlo de frente, diciéndole por qué y mirándolo a los ojos. Apagó el bareto y se fue a buscarlo y lo encontró donde pensaba que estaba, daba lástima verlo, tirado en el suelo, lleno de mugre y en medio de un vuelo de bazuco horrible. En esa manga se reunían todos los sopladores del barrio a meter vicio y a pasar el tiempo, ahí mismo se alimentaban poco y mal, y ahí también se juntaban sus detritus, el lugar era un estercolero pestilente y atosigado de vapores igualmente malolientes, era tan denso el ambiente que había que traspasarlo a nado entre olas de humo. El Calvo se aproximó a Chicle, que estaba en un rincón sumido en una ensoñación flácida, y le dijo Qué hubo pues, parcero, ¿desde cuándo estás aquí metido? Chicle levantó la cabeza para responderle con una sonrisa queda y desdentada Calvito, mijo, no sé, muchos hijueputas mandarte a vos pa que me llevés donde ellos pa matarme. No, mi llave, dijo Arcadio, yo no vine a llevarte a ninguna parte. ¿Entonces te mandaron a vos a matarme?, preguntó Chicle. Sí, parce, respondió Arcadio, y Chicle se puso a llorar mientras decía Niño, a mí me vale mierda morirme, hasta mejor, yo aquí no estoy haciendo nada, mi vida es pura mierda, pero lo que sí me da tristeza putamente es dejarte solo, vos has sido lo mejor de esta puta vida conmigo y ya no te voy a volver a ver, ojalá que te pueda seguir cuidando desde el cielo, como en la cunita blanca de Raphy. Arcadio, llorando, le respondió Ojalá que sí, hermano, yo a vos te he querido más que a nadie en mi vida, más que a mi hermano de verdad, mi llave. Chicle se incorporó y le dijo Sabe que sí, yo lo voy a estar cuidando siempre, mi Calvito, pero no dejemos que esos hijueputas ganen, usted no me va a matar, yo solito me pego un pepazo y chao. Cómo se te ocurre, le dijo Arcadio. Sí, mijo, así va a ser, haceme la segunda por última vez en la vida, le extendió la mano y los dos se abrazaron entre lágrimas, Chicle se soltó del abrazo y le mandó la mano a la cintura del Calvo, tomó el revólver y sin vacilar se lo metió en la boca y disparó. Arcadio lo sostuvo después del impacto y se quedó abrazándolo mientras se desmadejaba, totalmente muerto; así permaneció durante un largo rato, después lo dejó ahí tendido, le dio un beso en la frente ensangrentada y salió de las mangas, cantando en voz baja "Yo soy como el roble, palo de fuerza infernal, resisto el azote de la cruel tempestad. Pero no puedo aceptar ese absurdo y tonto criterio, que no existe sentimiento que haga a un hombre llorar. ¿A quién vamos a engañar?, dejémonos de esos cuentos, clavado llevo en el pecho, el filo de tu puñal. Qué importa que llore, señores, si estoy herido". En la calle tomó un bus con dirección al centro de la ciudad y nunca más se supo de él en el barrio, jamás volvió y hoy es la hora en que nadie sabe nada de él, ni de lo que hizo con su vida.

8
Alquivar

A pocos días de haber cumplido los quince años cambió mi vida para siempre. Una noche de viernes de principios de julio, a las doce y cuarenta y cinco, tocaron a la puerta de mi casa y, aunque me había acostado desde las once y treinta, después de haber ido a ver un partido de fútbol al estadio, aún no me había dormido. Desde que había comenzado ese turbador día venía sintiendo una opresión entre el pecho y el estómago que me inquietaba, como una especie de susto permanente, algo como una molestiecita que me sorprendía a cada momento, como un tábano constante que me recordaba que tenía un alma o como quiera que se llame ese algo que nos habita y que no es físico, pero que circunscribe cada uno de nuestros procederes en la vida, los buenos y los malos. Mucho tiempo después llegué a conocer en mis lecturas algo sobre los presagios y presentimientos que convalidan ciertos sentires y me entusiasmé pensando que quizás esa metafísica podría explicarme lo que sentí ese día, pero sufrí un desengaño porque la manera de adelantarse uno a los acontecimientos nefastos debía ser a través de signos aciagos que se irían cumpliendo puntualmente, y lo mío era distinto, nada me vaticinó nada, ninguna señal, fue más bien un sentimiento inquebrantable de la fatalidad, una seguridad de sentencia recia dictada por el destino que no admitía sino su obediencia, y yo tan solo podía someterme a ser testigo mudo de su invariable cumplimiento. Por eso yo sabía la noticia antes de que tocaran a la puerta, con ese saber que no se puede explicar ni enseñar, que solo la vida, el amor y la muerte se encargan de transmitir cuando se combinan y se confunden en una misma persona, en un mismo sentimiento, en un mismo sufrimiento o en una misma causa. De ahí que los tres golpes hondos como fosas que le dieron a la puerta a esa hora eran el proemio de la condena que al fin se había cumplido, el camino que recorrió mi padre desde su alcoba hasta la puerta se me hizo lento y largo como debe ser el que hace un condenado a muerte hasta la horca, sentía cada uno de sus pasos, cada uno de sus jadeos, sentía hasta sus pensamientos y estuve en su cabeza cuando profirió entre llanto la terrible frase Ay, Dios mío, me mataron a mi muchacho… Al oírla me incorporé en mi cama, le di una aspirada larga a mi cigarrillo y empecé a llorar a mares en silencio, sintiendo que la agonía que sentía entre mi pecho y mi estómago había cesado. Salí de mi pieza y me encontré a mi madre en dormidora que, gritando, se dirigía a la calle para hablar con la mamá del Gato, que fue quien trajo la noticia, y mi hermanito menor salió de su alcoba medio dormido seguido de mi abuela también deshecha en llanto, mientras que en la acera mi madre se desmayaba la primera vez de lo que sería una incontable serie de desvanecimientos que sufriría durante el fin de semana. En pocos minutos la vivienda se llenó de vecinos y curiosos, toda la cuadra se despertó y se enteró de la noticia, y mi casa se volvió una confusión total. Habían matado a mi hermano mayor, al hijo más querido de mis padres, al hombre que más he querido en mi vida, y con él mataron también a una parte del ánima de mi familia, que siguió el rastro de sus huesos a donde quiera que fueran.

Los trámites de reconocimiento en la morgue y las gestiones con la funeraria las cumplió mi padre en medio de su dolor, porque mi madre se encontraba completamente conmocionada y no atinaba a nada distinto de llorar. Absolutamente transitada de sufrimiento y desgarrada por dentro, casi no hablaba, se quedaba mirando fijamente al techo, supongo que inquiriendo a Dios, llevando a cabo su propia piedad. Yo contemplaba todo como si fuera una ilusión, por lo que los recuerdos de ese resto de noche y de los días subsiguientes son difusos, no porque se me enturbien en la memoria sino porque son inconexos aunque perfectamente nítidos, y saltan de ese presente atroz a la primera infancia, en que veía a mi hermano por primera vez. Yo tendría unos tres años y él siete, y se me arrimó a la cuna improvisada con taburetes que mi mamá acondicionó y me dijo Niñito lindo, hermanito, yo te voy a cuidar para siempre y te voy a querer mucho. No sé por qué recuerdo esa frase tan claramente si yo todavía no hablaba ni comprendía bien, pero se me quedó guardada en el alma desde ese momento y supongo que ahí permanecerá hasta mi último respiro en esta tierra, quizás porque esa frase terminó siendo una promesa que cumplió a cabalidad durante su corta vida, y a veces creo que aun después de muerto. Desde ese día todos los momentos que viví hasta su muerte están plagados con su presencia porque me convertí en su zaguero: todo lo que hacía yo se lo imitaba, a donde quiera que él fuera yo también quería ir, me volví su nube particular, su amigo y, a medida que fuimos creciendo, su cómplice y solapador. Cada nueva travesura que se le ocurriera yo era el primero en conocerla y de ser posible encubrirla, lo que nos fue creando una relación de fraternidad que trascendía el vínculo sanguíneo y nos hermanaba espiritualmente, llevándonos al punto de que sentíamos los mismos dolores, como dicen que ocurre con los gemelos idénticos. Recuerdo un día en que mi mamá le dio unos correazos porque se había metido sin permiso al patio de una vecina para recuperar un balón que la señora le había decomisado porque había roto un vidrio de la ventana, y mientras mi madre le daba la pela yo en el baño sentí un ardor increíble en las piernas en el lugar donde a él lo estaban fustigando.

A las seis de la mañana los vecinos y familiares invadieron la casa, pues en estos casos la cuadra se convertía en algo parecido a una gran familia, donde cada cual tenía funciones determinadas que nadie le había encomendado pero que cumplían con diligencia y prontitud. No sé si porque en medio de tanta matazón que sufrió el barrio el espectáculo de un muerto en el vecindario y su derivado velorio y entierro se hicieron tan cotidianos que crearon no solo una solidaridad a toda prueba, que se patentizaba en la entrega con que asumía cada quien sus ministerios como si de un muerto propio se tratara, sino también una especie de compañerismo en la congoja que nos igualaba a todos, emparejándonos en la incertidumbre, pensando que hoy era el hijo de la vecina o la comadre, pero mañana podía ser el propio. Así que en medio de la barahúnda que se formó en torno a la espera del cadáver veía sin ver a todos los allegados y amigos que se iban aglomerando en la sala, en las habitaciones y en la cocina, unos preparando café, otros jurando atroces venganzas, las señoras contritas llorando y rezando conjuntamente, los padres, vagos en su mayoría, comentando el incidente en la acera, aventurando motivos y desenlaces tan fantásticos como inofensivos sobre la causa de la muerte y su recobro. Y yo, empujado por la mansedumbre de la pérdida, decidí, antes de afrontar el momento devastador de ver entrar a mi hermano en una caja de madera cargada por cuatro desconocidos, salir a recorrer las calles del barrio, sus esquinas, sus parques, sus avenidas, para buscar en los pliegues de la memoria los muchos momentos de felicidad que había pasado con él en esos lugares y estar juntos como siempre, compartiendo su muerte, que también era la mía. Bajé hasta la esquina del parquecito que todos conocíamos como el de Chela, porque una señora con ese nombre atendía una tiendecita diminuta y desprovista desde antes que existiera la cuadra, creo yo, y ahí me senté, saqué un cigarrillo del paquete que traía en el pantalón y botando el humo recordé que fue en ese mismo sitio y en esa misma silla de cemento donde vi por primera vez a mi hermano fumando mariguana. Tenía unos trece años y ya hacía parte del combito de peladitos que Los Riscos utilizaban para hacer mandados y vueltecitas menores, junto a los otros jovencitos de la cuadra, todos intentando hacerse un nombre, creyendo en quimeras de vidas mejores, con los sueños intactos propios de la edad, todos queriendo mejorar la situación económica de sus familias, todos queriendo triunfar en un contexto difícil, hostil y con unos modelos tan disparatados como crueles. La incursión en el vicio se daba a la par que la llegada al combo, era más o menos un ritual de obligatorio cumplimiento, había que consumir para poder pertenecer. Dado que el control del microtráfico era una de las primordiales y primeras fuentes de ingreso, era necesario que los que expendían también la utilizaran, ya que de lo contrario no sería muy confiable la plaza. Fue la primera práctica verdaderamente ilegal que le conocí, porque antes no pasaba de las trastadas y picardías de niño, y como con todas sus actividades en esta también busqué imitarlo y a los pocos días estaba convocando a mis amiguitos para que probáramos la bareta, claro que en secreto, ya que a pesar de que mi hermano se trababa, nunca habría permitido que yo cayera en ningún vicio, ni en nada que me perjudicara por más que él incurriera en cualquier cantidad de infracciones. Por eso nunca fui del todo en nada, porque siempre tenía su estricta vigilancia en todo lo que hacía y en eso era como un mentor e incluso a veces como un papá flexible pero celoso que me aflojaba la rienda pero de a poquitos, y cuando me notaba muy desfasado volvía y me la templaba. Con la mariguana fue igual: empecé al escondido para no contrariarlo, pero como con todo lo mío, finalmente se dio cuenta de lo que estaba haciendo y me recriminó fuertemente, aunque me dejó que lo hiciera pero a su manera, eso era solo un poquitico y solo los sábados, pues quién más que él para saber que más que trabarse lo que uno buscaba con la mariguana en los enrevesados años de adolescencia era aceptación. De cualquier manera mi paso por la bareta fue fugaz y tedioso, todo lo contrario al alcohol, que desde que lo conocí ha sido una constante en mi vida, algunas veces como compañero pero cada vez más como oponente; en fin, la bareta nunca me dio una traba buena, como la que he visto en tantos años de amigos adictos, que se desternillan de risa, se despelotan buenamente y lo disfrutan hablando incoherencias por horas en medio de un sopor amigable y contagioso. A mí en cambio la fuma me sumía en un sonsera espantosa, me daba depresión y ganas de morirme, a más del hambre insaciable que no podía suprimir ni acabando con los escasos víveres de mi casa, lo que hacía que permaneciera en un estado constante de ansia y glotonería, que dada nuestra precaria situación económica nunca pude subsanar, así que decidí abandonar la yerba a los cuatro meses de haberla probado. Con el prestigio que fue adquiriendo el combo de Los Riscos muchos muchachos que aspiraban entrar a él tuvieron que pasar por un montón de sondeos y demostraciones antes de ser admitidos como mandaderos, que era el rango más bajo, y emprender un ascenso temerario, obediente y peligroso que muy pocos culminaron, pero no fue el caso de mi hermano dada la vecindad de nuestras familias. Los hermanos Risco lo vieron nacer y fue creciendo en la cuadra que ellos tomaron como centro de sus operaciones a la par que el combo, así que sin ser compinche de ellos, su niñez y su adolescencia las pasó al tanto de lo que estos hacían y acompañando sus pasos desde la trinchera que le daba su edad, pero cuando tuvo los años y la vocación suficientes para ingresar al combo, su puesto estaba conquistado de antemano por derecho de pertenencia, adjudicado connaturalmente como signado por el albur para cumplir con ese oficio pese a los esfuerzos descomunales de mis padres para que no fuera así. Probaron por las buenas, hablando con él, mandándolo a estudiar a otro barrio y enviándolo en las vacaciones a un pueblo donde unos tíos, incluso mi papá se lo llevaba a hacer los recorridos a otras ciudades en un camión que manejaba, luego intentaron por las malas con pelas y castigos, con prohibiciones y encierros, pero todo fue en vano, su inclinación esquinera se impuso, pues cuando la fatalidad imputa su sino no hay poder que la pueda desviar. A la mariguana la siguieron sus primeros coqueteos con la delincuencia, insípidos robos, transporte y distribución de perico y mariguana, guardador de armas, pero todos delitos menores, circunscritos a las disposiciones de los grandes de la esquina, hasta que como a todos los allegados al combo le llegó la hora de hacerse hombre y cumplir con las exigencias que esa condición traía consigo dentro de la organización. En este barrio el registro oficial como asociado al combo se daba a través de una prueba de sangre, con este execrable acto se sellaba el vínculo definitivo con la causa y se conseguía el respeto necesario para ser considerado uno más de la pandilla, en igualdad de condiciones con los de su mismo rango, una particular forma de ascenso dentro del menudo mundillo que es el barrio, que para un muchacho en plena adolescencia en una sociedad como esta es todo su mundo.

A él le tocó cuando la masacre que prefiguraban los grafitis. Todavía lo observo llegando a la casa con el cuerpo exhausto, las manos temblorosas y el rostro pálido, tratando de encubrir su crimen con mis padres, respondiendo con evasivas a las averiguaciones de mi mamá, que le insistía en por qué estaba tan nervioso, diciéndole Y quién no va a estar nervioso, mami, con toda esta mano de muertos y de bala, este barrio se putió, mamita, yo por eso no voy a salir tanto, esto está muy peligroso. Con estas y otras mentiras logró esquivar momentáneamente el asedio de mi madre, que ya para entonces empezaba a intuir que su hijo se estaba desviando, sin entender en ese instante hasta qué punto había llegado el extravío. A mí no me pudo engañar, yo sabía que él había participado en la matanza, fue así como después de librarse de las pesquisas de mi mamá llegó a la habitación y se sentó en su cama, contigua a la mía, y le pregunté Alquivar, decime la verdad, a mí solito, que vos sabés que yo no le digo a nadie, ¿a cuántos mataron?, ¿a cuántos mataste vos?, ¿por qué los mataron? Fue la primera y única vez en nuestra relación que se tornó impetuoso conmigo y además de zafio me trató como si yo fuera tonto al responderme No me mariquiés con esas preguntas, a vos qué te importa quién mató a esa gente ni por qué, no se ponga a averiguar maricadas ni a hablar de eso por ahí en la calle, vea lo que les está pasando a los sapos, más bien duérmase y deje de chimbiar. Sus palabras me dolieron como puños pero no le dije nada, me recosté y empecé a cavilar en silencio, y él hizo lo mismo y se volteó en su cama dándome la espalda. Fue un momento tenso en el que los dos sabíamos que el otro sabía lo que no nos atrevíamos a nombrar, una comunicación de soledades, una culpa compartida, porque aunque yo no había jalado el gatillo me sentía tan asesino como él, e igual de responsable por haber truncado la existencia de esas personas. Después de tres cuartos de hora se volvió de cara al techo y como sabía que yo no me había dormido, sacó unos cigarrillos del baúl que nos servía de nochero y separaba las dos camas y rompiendo el mutismo me dijo Niño, ¿querés fumar? Yo me solivié hasta quedar casi sentado, apoyado en la almohada y estirando el brazo tomé el cigarrillo encendido que me ofrecía, y sin preámbulo me soltó Nos deberíamos es largar para la puta mierda, los cuchos, la abuela y nosotros tres, donde nadie nos conozca y dejar este barrio de mierda para que se mate solito. Yo todavía absorto en mis pensamientos le dije ¿Por qué, qué pasó pues?, a lo que me respondió ¿Cómo así que qué pasó?, vos estás muy chiquito para entender bien lo que está pasando, pero no ves qué mata de muertos, tantos conocidos de nosotros, unos matando y otros muriendo, por maricadas que no tienen que ver con uno, porque a otro perro le dio porque tenían que morirse, así de buenas a primeras, de bacanería, gente que no le había hecho nada a uno y lo peor es que esto es solo el principio, la hijueputa matazón que se viene es la más verraca, espere y verá, y uno tener que meterse en esto, venir a parar en esta vaina, ¿sabe qué, niño?, si yo pudiera, si tuviera la edad, me iba era a manejar camión como el cucho y no volvía por aquí a nada, ¿a qué?, a que lo maten a uno en un güevazo o a tener que matar hasta a misiá hijueputa para que no lo peguen a uno, eso no es vida, pelao. Yo le dije A lo bien que sí, pero vos no tenés sino que esperar unos añitos y ya, podés hacer eso, manejar carro y no volver por aquí. Quedamos unos segundos en silencio que él rompió hablando para sí mismo ¿Añitos?, añotes serán, ¿y mientras tanto qué?, ¿cómo vive uno con esta maricada?, yo lo que tenía que hacer era nunca haber empezado, no creérmelas, ¿pero ya qué?, ya uno está es llevado del hijueputa y vos sabés que de esta mierda no se sale sino con los pies por delante. A mí se me salieron las lágrimas, pero gracias a la oscuridad de la pieza que se hacía aún más espesa con el humo no se me notaron, y le dije Quivar, ¿si tuviéramos plata y yo te comprara un camión, vos te saldrías de esta mierda y dejarías la esquina? Suspirando me contestó Claro, papi, pero no tenemos plata, y en esta puta vida no se puede soñar, no se puede esperar ni contar sino con lo que se tiene y lo que tenemos es que bregar a sacar a los cuchos adelante, bregar a conseguir con qué pagar la casa y los servicios, en estos días que me va a llegar una plata y le voy a comprar una ropita bien chimba, espere y verá, niño, y ahora a dormir que ya está tarde y se nos acabaron los cigarrillos. Permanecimos en silencio el resto de la noche sin podernos dormir, pero ya no hablamos más, cada uno sufriendo el peso de la muerte provocada, cada uno con la cruz a cuestas y sangrando las heridas que resultaron ser las mismas. A la madrugada sentí unos sollozos en su cama, creo que estaba llorando. Después de ese día nunca volvimos a hablar de la matanza ni del porqué de su oficio, nos limitamos a padecerlo cada uno a su manera y a tratar de acondicionarnos a la nueva vida que este imponía, a la mirada que los habitantes de la cuadra y del barrio cernían sobre nosotros, él por ser él, uno más de los bandidos de Los Riscos, y yo por ser su hermano.

Me levanté de la silla de cemento del parque y fui a la tienda de Chela, donde compré medio paquete de cigarrillos antes de continuar caminando. Recorrí varias manzanas y cada una me traía un recuerdo diferente, como las tardes de montar bicicleta en la más destartalada de todas que era la nuestra, la cual adquirimos juntos con lo que conseguimos vendiendo mango biche con sal y limón en la puerta de la casa, unos mangos grandes que traía de la costa mi papá en los viajes que hacía en el camión, pues acarreaba costalados que le regalaban en las fincas ganaderas donde cargaba los novillos que trasladaba a la Feria de Medellín. Como eran tantos que era imposible consumirlos en una sola casa, empezamos a regalárselos a los amigos y en corto tiempo se hicieron tan apetecidos que decidimos venderlos y crear negocio: sacamos una mesita de la cocina, la apostamos en la acera y los vendíamos a cincuenta y cien pesos dependiendo del tamaño. No sé cuánto tardamos en ahorrar los 5.500 pesos que nos costó la bicicleta que le compramos al chino, un traste viejo que alguna vez había sido cromado pero que cuando lo adquirimos estaba todo oxidado y lleno de abolladuras, también tenía las llantas pinchadas y una biela rota, pero a nosotros nos pareció el más perfecto artefacto que podíamos concebir: le parchamos las llantas con neumático y sacol que nos regaló Omítar, el vecino de enfrente, le hicimos soldar la biela en el taller de los Garzones, unos señores cerrajeros más chambones que el diablo y que le dejaron una morrocota de soldadura que golpeaba el marco a cada pedalazo, y la pintamos con un aerosol rojo que por haber sido aplicado sobre el cromado se despintaba con solo mirarla, sin embargo a nosotros dos nos pareció que había quedado mejor que nueva. En ese trebejo fue que mi hermanito me enseñó a montar en cicla porque él ya sabía, había aprendido solo en la calle, en las bicicletas de los amigos que le alquilaban o a veces le prestaban para dar una vueltica a la cuadra o cuando mucho a la manzana. De esas tardes recuerdo la paciencia que me tuvo en la instrucción porque fui muy lento para cogerle el golpe, el afecto que denotaba en cada gesto de reproche por mis continuas caídas, la fuerza que me transmitió de que yo era capaz de hacer lo que fuera. Eso iba evocando abstraído hasta que volvía al doloroso presente, a saberlo muerto, imposiblemente muerto, y me carcomía la impotencia, le recriminaba por qué me había dejado solo, a mí, a mi mamá, a mi papá, a mi otro hermano, a la abuela que era su adoración y yo mismo me respondía con huecos, me torturaba pensando en sus momentos finales, en qué pensaría, ¿nos recordaría?, ¿dónde estaría? Y me sentía mezquino y malvado por sentir odio por él, por haberse muerto, y no por sus asesinos, un odio hacia el combo, la esquina, el barrio, los bandidos y todo lo que presentara aspecto de responsabilidad en su muerte, y pensaba en los que apretaron el gatillo y no sentía odio, tenía rabia, una insondable tristeza, un dolor hondo y largo, pero no odio. De pronto empecé a pensar en que mi imposibilidad de odiar era quizás el último regalo que él me había dejado, porque a partir de su muerte corté casi por completo mi relación con la esquina y me dejaron de interesar el combo y sus actividades delictivas, fue tanto mi sufrimiento por su partida y por ver cómo mis padres envejecieron de golpe y se les instaló en el alma la pérdida como un estigma acuñado a fuego, que me desgané del malevaje. De no haber sido así, si hubiera hecho lo que todo el mundo esperaba de mí, que era el recobro de sangre por la injuria, la historia habría sido otra, este relato carecería de autor y la herencia de herrumbre y muerte habría seguido en mi familia quién sabe hasta cuándo. Es notable cómo la muerte cambia todo de golpe, es el fin de toda posibilidad, y cuando pasa deja una pátina de desolación, de aridez y desamparo, imponente y sólida, que hace intransitable cualquier camino que tuviéramos prefigurado como seguro con antelación, y nos cambia hasta las certezas más claras que habíamos afianzado en la personalidad durante años de cavilación, dejándonos la vida vuelta un guiñapo con un desbarajuste imposible de recomponer.

Me devolví a mi casa y la encontré más llena aún de como la había dejado: los amigos de mi hermano, es decir, los otros bandidos, habían llegado para atestar con su presencia mi humilde morada y para infectar el ambiente con su verborrea iracunda y superficial, proponiendo furiosas vendettas y jurándonos a los familiares socorros y asistencias perennes que nunca les habíamos pedido. La tristeza es un sentimiento que se padece en soledad, que necesita del aislamiento para poder ejercer su virulento desgaste en el alma de quien la sufre, por eso cuando se está inmerso en ella la demás gente sobra, estorban su pleno desarrollo y más si es por culpa de una muerte cercana. Los deudos se ven imposibilitados para afrontar plenamente su duelo porque tienen que estar pendientes de la gente que invade no solo su casa sino también su dolor, y en esos momentos lo que uno más quisiera es enfrentarse a su martirio con las pocas fuerzas que le quedan, sin testigos ni mirones, ejerciendo su derecho al absoluto retraimiento, a la soledad, pero en este barrio eso es imposible. Cada muerte de un vecino es la oportunidad exacta para exhibir liderazgos y pujanzas que no se tienen en la vida cotidiana ejerciendo las gestiones funerarias que rodean el velorio, cada funeral es aprovechado por los amigos para mostrar afectos que no se tenían en vida por el finado, para ostentar arrojos y fierezas de palabra que decaen en cuanto las exequias concluyen y se les pasa el ardor y la valentía que les insufló el alcohol consumido durante la velación. En el momento del entierro el espectáculo empeora, la gente se supera en alarde, unos pugnan por cuál se nota más triste, llorando, gimiendo, y hay quienes no escatiman en convulsiones y soponcios, que por lo regular son los más alejados al difunto en vida o los que más hablaron y hablarán cosas tórridas e inventadas de él, otros van explícitamente a mostrar sus mejores galas que solo sacan para las misas de muerto o las fiestas, y están los más, que son simples chismosos que no se pierden sepelio solo para tener tema con que entretener su tedio hasta el próximo muerto; también van los enemigos, traicioneros y sapos, a comprobar que su obra esté ejecutada, solo que nadie los ve, porque su perfidia se esconde en la amistad, porque han sido silenciosos para mostrar su odio, porque su veneno se esconde en el llanto y las palabras de consuelo a los deudos, pero por dentro van sonriendo. Contemplaba esto desde la sala donde me había sentado al lado de mi mamá, que no hablaba, solo me tomaba la mano con fuerza y lloraba en silencio, cuando llegaron dos personas de la funeraria buscando la ropa para ataviar al cadáver, el vestido final que llevaría a la bóveda, como si estas pilchas importaran en la eternidad. Para mi mamá fue un flechazo en el corazón escuchar a esa pareja preguntar por la ropa y pensar que iba a ser la última vez que tendría que prepararle una muda a mi hermano, un ejercicio tan consuetudinario y tan mondo cobraba una importancia colosal por ser la última vez que se realizaba. Como todos nuestros actos en la vida son actos desesperados cuando los reviste la pátina de la muerte, comprendiendo lo siniestro que sería la tarea de revisar cajones y memorias para mi madre, me avine a realizarla yo: saqué primero unos jeans con incrustaciones de cuero que mi hermano había adquirido en un atraco a un almacén de ropa, pensando Aquí se termina toda la ambición, la ostentación de las ropas y las cosas materiales, el boato de las marcas, del dinero, de los objetos, para esto es que se juega uno la vida, robando, matando, delinquiendo, para que lo obtenido se pudra a la par con uno dentro de un cajón, vida puta, y lo combiné con una camisa completamente blanca y unas medias y pantaloncillos del mismo color, y puse todo en una bolsa de papel marrón y se la entregué a los forasteros. Me volví a sentar junto a mi madre, que me miró queda y me preguntó como si mi hermano estuviera vivo ¿Sí le mandó una mudita bien bonita?, yo quiero que quede bien lindo mi muchacho, y yo le respondí que sí, que fresca, que le iban a poner la ropa más buena y más nueva que tenía y le expliqué cuál era, y ella asintió con un gesto y continuó mirando al techo. El tiempo se dilataba entre escuchar las charlas de los concurrentes y observar el dolor de mi familia, era un tiempo quieto, sórdido, sin sonido, y a pesar del bullicio que se procuraba en la casa yo sentía un silencio de caverna, y lo que más rememoro es el silencio y la quietud. A mi alrededor todo se movía y sonaba pero yo no lo percibía, no me tocaba, eran como dos mundos diferentes pero simultáneos, el derredor y el interno, hasta que pasadas dos horas aproximadamente apareció en la esquina el carro fúnebre con el cajón que contenía a mi hermanito adentro y todo se transfiguró. Mi madre, tan quieta, quiso incorporarse de la silla y cayó tendida cuan larga era al piso, presa de un desvanecimiento que congregó a la gente en torno a ella y me permitió observar plenamente por un par de segundos, que parecieron siglos, a los cuatro hombres de traje oscuro que bajaron el ataúd y lo transportaban a la sala de mi casa. Me petrifiqué, sentía que las rodillas me temblaban, quería gritar pero un taco en la garganta me lo impedía, y cuando reaccioné finalmente, el silencio había desaparecido, todo a mi alrededor era una vocinglería: mi mamá medio recuperada chillaba de dolor y se agarraba del féretro, mi papá lloraba y gritaba, mi abuela y mi hermano menor bramaban y todo el mundo hablaba, gruñían maldiciones, inquirían al cielo, y afuera en la acera sonaban tiros al aire, que era la manera como los pillos increpaban al firmamento, a la vida, a la eternidad, a Dios o a todos juntos por la pérdida. Los señores de la funeraria tuvieron que abrirse paso a trompicones entre la gente que se agolpaba en torno al cajón y querían abrirlo antes de que lo descargaran, armaron con dificultad el catafalco en toda la mitad de la sala y sobre él lo depositaron, luego abrieron la pequeña escotilla que dejaba ver el rostro maquillado y arreglado con algodones en los orificios de la nariz de lo que hasta hacía pocas horas era el ser más hermoso de mi vida. Los curiosos acudieron en tropel para ver cómo había quedado y casi no dejan arrimar a mi mamá, que fue la primera de la familia en verlo, y al acercarse la traicionaron las piernas y cayó de rodillas ahogando en un grito herido todo el tormento contenido durante la espera, y permaneció al lado del cajón susurrándole palabras tiernas y llorando bajito. Mi papá se le acercó lentamente, la abrazó y observó el cadáver, y al hacerlo la figura de autoridad y fuerza que siempre fue, cercano a un roble, se vino debajo del hachazo fulminante que le produjo la visión espantosa de su hijo muerto, y no pudo detener el caudal de emociones que lo aventajaron y brotaron en un mar de lágrimas e improperios. Ante este panorama yo me aproximé para sostener a mis padres pero no quise mirar adentro del ataúd, los dirigí hasta el sofá y me senté en el medio de los dos. Desde ahí tuve que enfrentar la caja de frente, hasta que resolví encarar mi destino y examinar su contenido, y cuando me allegué y percibí el cuerpo de mi hermanito amoratado se me nubló el cerebro, pues es cierto que una cosa es llamar la muerte y otra es verla venir, y en principio no sentí que ese muñeco de peltre, esa variedad de maniquí fuera él, pero a medida que lo observaba e iba adaptando la vista y el entendimiento a la situación, iba comprendiendo que por más que la aborreciera esa era la realidad, eso que estaba ahí era lo único físico que quedaba de mi amado hermano, y que por más que me esforzara nada lo haría cambiar. Entendí que todo era vacuo, que la vida es una insuficiencia, que todos nuestros esfuerzos son vanos porque finalmente están encaminados a enfrentar la muerte y ella siempre gana, que nuestras horas son apenas de sobrevivencia y que lo importante en nuestras fugaces vidas son los afectos, que no logran conmover a la eternidad. Instalado en esta perspectiva estaba cuando presentí a mi padre acercándose, se ubicó a mi costado y hasta hoy en día que repaso el episodio en mi mente no logro comprender el porqué de lo que siguió, me apartó suavemente del lado del cajón y avanzó hablando para sí mismo, dijo Voy a ver qué le hicieron a mi muchacho, descorrió las chapetas de la caja y la abrió completamente dejando atónitos a todos los concurrentes, que se fueron acercando con sigilo, y por detrás de mi padre pude ver el cuerpo de mi hermano en su totalidad, con la ropa que yo le había escogido y en medias blancas. Mi papá se enjugó las lágrimas y tomó el cuerpo tratando de incorporarlo para buscarle las heridas de los balazos, una escena que además de grotesca era casi impracticable debido a la absoluta rigidez del cuerpo, sin embargo, pese a lo extravagante, había algo que imponía respeto en ese gesto de un señor con el cuerpo de lo que había sido su hijo en brazos, y nadie se animó a ayudarlo en su empeño, entonces fui yo el que hizo lo que tenía que hacer, me acerqué y sin mediar palabra tomé el cadáver por los hombros y se lo sostuve, sintiendo su dureza inanimada, de objeto, mientras mi papá con sus manos toscas de trabajador examinaba la cabeza e iba contando los tiros a medida que los iba hallando y diciendo Aquí me le pegaron uno, estos hijueputas, aquí otro más… hasta que llegó a tres y mi mamá lo detuvo diciéndole Deje eso, mijo, que con eso no ganamos nada, y él se dejó conducir como un bebito regañado y juntos se sentaron de nuevo en el sofá con las manos entrelazadas, mientras los amigos y yo acomodábamos a mi hermano dentro del cajón y lo volvíamos a cerrar.

El resto de ese día y la noche fueron largos, manidos y fríos, con estallidos de dolor en mis padres y mi abuela similares a los que tuvieron con la llegada del cajón, con los vecinos y familiares que iban y venían, traían infusiones, café y algo de comida que terminaban consumiendo ellos mismos, porque en ese fin de semana ninguno de mi familia comió, con los bandidos que se emborracharon y drogaron desenfrenadamente como era rutina en los velorios de sus colegas, pues empezaron a beber temprano el sábado y la farra les duraría hasta tres días después del entierro. Este estaba programado para el domingo a las diez de la mañana en el cementerio San Pedro, un camposanto cercano al barrio que se había transformado en el albergue final de todos los pillos de la comuna después de haber tenido un pasado de prestigio y alto turmequé, pues allí habían enterrado a expresidentes, políticos, empresarios y artistas de las familias más prestantes del país, y había sido concebido y construido particularmente con aportes de estas familias para huir del único cementerio que existía en la ciudad en el siglo XIX, que era el de San Lorenzo, porque se había llenado de pobres. Hasta en la muerte, que es tal vez lo único democrático que existe, esta ciudad muestra su lado arribista y displicente, los ilustres y conspicuos, siempre pretendiendo tapar el sol con un dedo, rechazan todo contacto con la pobrería y la chusma que ellos con sus actos y latrocinios de alguna manera han creado, y pretenden con ese alejamiento negar su existencia. Aun así la muerte se empeña en igualarnos e irónicamente este cementerio, por estar de este lado de la cuidad, terminó siendo el favorito de los malandrines y asesinos de estos barrios, al punto de que en las décadas de mayor virulencia del conflicto escaseaban las bóvedas y tuvieron que construir pabellones adyacentes para poder enterrar tanto criminal adolescente, y aun con esto hubo ocasiones en que las familias tenían que postergar el velatorio dos o tres días más de lo habitual, esperando a que sacaran los restos de alguien que estuviera cercano a los cuatro años de haber sido enterrado para poder ocupar inmediatamente esa tumba, con lo cual el San Pedro pasó de ser denominado popularmente "el cementerio de los ricos" a ser conocido como "el cementerio de los pillos", y la muerte, con su instinto igualitario, se dio sus anchas pudriendo por parejo a ricos y a pobres, y en sonados casos a las víctimas y a sus asesinos en un mismo e igualitario suelo. El alba del domingo irrumpió desoladora, la gente que quedaba en el velorio estaba agotada o borracha esperando con los últimos alientos la hora del entierro, pero antes habrían de realizar el postrer y bullicioso ritual que acompañó las despedidas de todos los pillos de esa época. Después de un breve baño, me apersoné de la casa para disponer todo y a todos para la misa y el entierro, ayudé a mis padres a vestirse, ya que ellos habían perdido por completo la noción de sí mismos y había que empujarlos a todo, dije quién debía cargar la caja escogiendo no a sus más amigos como se suponía que debía ser sino a los menos borrachos, organicé quiénes debían ir en los carros particulares y quiénes en el bus, y solucioné dificultades de última hora. Finalmente fui el más desarreglado de mi familia porque por estar pensando en ellos me olvidé de que yo no tenía ropa negra ni nada preparado, y sin que me importara terminé usando unos pantalones de mi papá que me quedaban grandes y unos tenis del muerto. Pese a los improvisados preparativos, el despelote empezó con la sacada del cajón para llevarlo a la iglesia de San Isidro, donde le iban a cantar misa a las ocho de la mañana: los amigos de mi hermanito abrieron la caja y le tiraban bocanadas de humo de mariguana, le regaban aguardiente encima y le amarraban escapularios y camándulas en los pies, todos gritando maldiciones y amenazas contra los que lo mataron, y algunos sacaron balas de sus armas para ponerlas dentro del ataúd. Finalmente se cerró la caja y logramos salir a la calle, donde fuimos recibidos por una descarga de tiros al aire que no se detuvo ni siquiera durante los cuarenta minutos que duró la misa. Mientras lo conducíamos a la iglesia nos perseguía un carro con los parlantes a todo taco poniendo la canción *Nadie es eterno en el mundo* de Darío Gómez, que se confundía con el llanto, los gritos y los balazos; la gente me abrazaba, me brindaba guaro y me conminaba a la venganza. Yo me limité a caminar en medio del ruido y a pensar en el silencio de la muerte, pues a pesar de todos los estropicios propios y provocados, la muerte lo que más atrae es el silencio, un silencio lleno de ruido, el silencio final de vacío y soledad. Al finalizar la misa, el camino al cementerio fue rápido y menos invadido de bulla y gente, pero al llegar a la entrada el escándalo fue más desafinado y tóxico: todo el mundo se abalanzaba sobre el cajón empujando sin contemplaciones a mis padres, sonaban miles de tiros, la gente gritaba, sonaban canciones que todos coreaban a voz partida, todos tocaban al muerto y se persignaban, algunos les enviaban mensajes con él a sus allegados muertos y todo era caótico, descuidado y amorfo. Yo fui el último en acercarme al cuerpo, le di un beso en la mejilla y otro en la frente que percibí como si hubiera besado una losa y que me enfrió todo el cuerpo desde la boca hasta los pies con un frío inhumano e inextinguible que llevo guardado desde ese día y para siempre. Luego cerramos el cajón apartando bruscamente a mi madre, que no se quería despegar de él, y lo introdujimos en la cuarta bóveda contando desde abajo hacia arriba, después taparon la abertura con cemento y le dibujaron las iniciales con un palo, porque la lápida se demoraba tres días más en construcción. Las protestas y los llantos amainaron un poco con la salida del cementerio y la vuelta al barrio, donde cada quien pegó para su casa y poco a poco se fue reconstruyendo cada uno su cotidianidad. Yo empecé en serio con la botella y a alejarme de la esquina, y mis padres a tratar de recomponer sus almas y seguir luchando por los otros dos vástagos que les quedaban. Después del entierro la esquina siguió siendo la esquina, con sus crímenes, su agite y sus muertos, pero mi familia y yo ya nunca volvimos a ser los mismos.

9
Ahora

Yo soy el que tomó la foto, por eso no salgo en ella. Han pasado casi veinticinco años de ese Halloween y son los mismos veinticinco años que me he tardado en contar esta historia, veinticinco años que se dicen rápido pero que se demoran lo que nombran en pasar, y las historias que aquí se narran también han pasado y yo he pasado con ellas ancladas en mi memoria. Persistentes como amantes abandonadas, me han perseguido en el sueño y en la vigilia todos los días y sin falta durante cinco largos lustros, me han acompañado hasta hacerse tan familiares que no sería nada de lo que soy sin su espolear constante, todos los fantasmas de que están hechas han convivido tanto conmigo que se hicieron parte de mi carácter, se han mimetizado tanto conmigo que a veces me sorprendo hablándome al espejo como si lo hiciera con otro que no soy yo, pero también soy yo, otro de esa época que me recuerda sucesos que creía ya olvidados para siempre o me cuenta otros que no tenía registrados, me derrumba trabas que me había impuesto para no ver claramente los acontecimientos que he narrado. Llevo veinticinco años viviendo en mi evocación, en una época que desapareció como desapareció el barrio querido de antaño, la cuadra ha cambiado tanto que da brega creer que es la misma topografía de lo vivido, las casas en que pasaron estas historias son ahora las casas de otras gentes con otras historias, y es difícil habitar los espacios nuevos cuando la memoria se empecina en retener los viejos, siempre se está comparando con lo pasado, con lo ausente. No sé bien para qué, si eso no conduce a nada, la memoria repele lo nuevo, el futuro siempre se interpone para aquellos que vivimos de prestado en un presente difuso y somos carne del recuerdo, por difícil que sea ese recuerdo, por daño que nos haga siempre volvemos a él, a sus olores, a sus gestos, a sus usos, pero sobre todo a sus muertos, esos que siguen tan vivos que parece que su muerte solo fue el traslado a otra cosa, a una suerte de inmortalidad que los eterniza en sus épocas más vivas y de mayor lustre. Aunque el abominado presente nos obliga a esconderlos a ratos en el clóset de la realidad del que escapan rijosos cada vez que pueden, por eso siempre contamos las mismas historias en las borracheras, vamos a los mismos lugares buscando idénticos olores, idénticas miradas y hablamos tardes enteras con los que estuvieron presentes en esa época. Pero ya quedan pocos, casi todos murieron o se fueron de la cuadra, pero los que quedan como sobrevivientes de una masacre se niegan a hablar porque se niegan a recordar, nadie quiere volver a sus pasiones perdidas, a los días de pieles tersas que ya hoy están ajadas, a sueños tenidos que ya hoy se perdieron para siempre, a muertes dolidas o infligidas, en una palabra, al pasado. A veces pienso y más que nada siento que también debería haber muerto en esa época con mi gente, en tierna edad y aun con ternura en el alma, al menos así estaría con los míos y no en este mundo de espectros que pueblan mis días, pero sé que algunos están hechos para hacer la historia y otros estamos condenados tan solo a contarla o a tomar la foto.

Aquí estoy yo con mi memoria como única arma para defender el pasado, no por mejor como dicen algunos sino porque es mío y es el único que conozco y quiero con todas sus negruras, sus miserias y sus amarguras, pero también con sus alegrías y sus sabores. Quiso la suerte que me doliera como propia la cicatriz ajena y quiso el destino ensancharme la piel para que cupieran conmigo en el cuerpo los cuerpos de mis amigos y mis enemigos, que sus temores, sus odios, sus trasgresiones, sus quereres, sus pensares y hasta sus ternuras fueran también las mías. Fuimos testigos de la violencia, es cierto, pero también fuimos sus realizadores y sus víctimas, tanta insolencia tuvimos y ¿para qué?, si al final ganó la muerte y este escrito es solo un intento, quizás fallido, de arrancarle un jirón de anuencia al olvido que es, de todas, la suprema muerte. Fui malo pero como sustantivo no como adjetivo, al igual que la mayoría de mis amigos, porque era lo único que se podía ser en una ciudad infame y en una época infernal en donde el lobo siempre se comía a Caperucita. Llevo dos décadas tratando de entender, no para justificar lo vivido, sino para mirar con caletre qué nos llevó a ser la sociedad que somos, ya que este barrio y esta cuadra apenas son una gota de agua en el mar de podredumbre que herrumbra a toda la humanidad, el odio cerril del hombre contra el hombre como una forma de afecto contradictorio e incomprensible. Después de días y sobre todo noches largas de pensamientos quedos, de haber sentido en carne propia el sufrimiento, la pérdida, la orfandad, el daño, después de concebir el amor, la ruina, la lealtad, el desamparo, después de compartir el cinismo, la crueldad, la burla y el deterioro, empiezo a vislumbrar los pasos venideros y los encuentro vacíos. El pasado nos constituye pero también nos frena, nos ata a paisajes y voces que nos enturbian el presente y nos conmueven el futuro. Somos lo más que somos por lo que hemos herido, y con cada una de esas heridas no solo dañamos, arrebatamos y concluimos sino que fuimos perdiendo, se nos fueron diluyendo los amores, las ideas, los retornos, y fuimos quedando vacíos, yermos, apenas palpitando recuerdos. Cada golpe que infligimos es también una autoflagelación que va desbarrancando el único y real lugar que somos nosotros mismos, porque al fin de cuentas nosotros con nuestras historias y nuestras tragedias no logramos inmutar al universo que sigue impertérrito, empecinado en demostrar que la vida es simplemente una nada llena de muertes entre otras dos muertes, la de antes de nacer y la propia.

Índice